Sandra da Vina

W0083452

**Sag es in
Leuchtbuchstaben**

Kurzgeschichten

Lektora, Paderborn

ZWEITE AUFLAGE 2014

Alle Rechte vorbehalten
Copyright 2014 by

LEKTORA GMBH
Karlstraße 56
33098 Paderborn
Tel.: 05251 6886809
Fax: 05251 6886815
www.lektora-verlag.de

Druck: Standartu spaustuve, Vilnius
Cover: Jan Derksen, Essen &
Typographen GmbH, Paderborn
Lektorat: Lektora GmbH
Satz: Lektora GmbH

Printed in Lithuania

ISBN: 978-3-95461-016-7

Für meine Eltern
und
für Jan.

INHALT

Mein Leben findet im Perfekt statt,
weil es keine schlechten Zeiten hat.
So positiv, dass sie beim Fotomachen
keine Negative schaffen.

LOVE MONDAY

„Einen wunderschönen Guten Morgen hier auf
Sunshine FM, eurem Gute-Laune-Sender mit
dem Besten der 70er, 80er und von heute! Es ist
Love Monday und wir verschicken eure Liebes-
grüße. Seid ihr vielleicht gerade so richtig verliebt? Gibt es da jemanden, dem ihr eure Gefühle
gestehen wollt? Einen echten Herzensmenschen?
Lasst es uns wissen! Sunshine FM macht euch
verliebt! Und jetzt Musik für alle Romantiker da
draußen: Das hier ist die tote Whitney Houston
mit ‚I will always love you!‘"

Ich hasse mein Leben. Und das Radio hasse
ich auch. Es hasst mich zurück, so sehr, dass ich
es nicht mehr ertragen kann. Ich schmeiße es aus
dem Fenster.

Puff.

Das Geräusch, wie es erst einen unschuldigen
Passanten am Hinterkopf und schließlich den
harten Asphalt trifft, bereitet mir Gänsehaut.

Love Monday.

Erst einmal anständige Musik. Ich finde eine alte
Platte von Slipknot. Da ist man direkt in der richtigen Stimmung. Dann setze ich mich an meinen
Schreibtisch. Ich werfe einen Blick hinaus. Un-
ten im Hof spielen Kinder. Wie schön! Ich hasse
Kinder. Noch mehr als mein Radio, denn Kinder
kann man nicht einfach aus dem Fenster schmei-

ßen. Ich brülle ein wenig herum, aber Slipknot sind lauter als ich. Dann mache ich mir einen guten Rotwein auf. Den habe ich mir jetzt wirklich verdient. Der Tetra Pak ist allerdings ziemlich widerspenstig. Aber ich gewinne den Kampf und mit dem ersten Schluck aus meinem Pappbecher schmecke ich wieder Leben. Einen Brief werde ich schreiben. An meinen Herzensmenschen. Nicht irgendeinen Brief, nein! Heute ist immerhin *Love Monday.*

Ich nehme mein bestes Diddl-Briefpapier und schnappe mir meinen Lamy-Tintenfüller. Keine falsche Bescheidenheit.

Es kann losgehen.

Lieber Max.

Nein!

MAX! AUSRUFEZEICHEN!

Wie geht es dir?

Nee, ist mir eigentlich scheißegal, kann ich jetzt aber schlecht durchstreichen.

Wie geht es dir NICHT?

Heute ist *Love Monday.* Ich musste an dich denken. Mir ist nämlich wieder aufgefallen, dass du ja weg bist, und das finde ich ärgerlich. Du sagtest: „Ich kann nicht mehr, ich muss hier raus. Unsere Beziehung ist wie ein Adam-Sandler-Film." Du hasst Adam-Sandler-Filme, weil der Synchronsprecher so scheiße klingt. Ich sagte: „Guck den Film doch einfach auf Englisch." Du sagtest: „Kann ich nicht. Dann versteh ich ja gar nichts!" Ich verstehe dich auch nicht. Das ist das Problem. Ich wünschte, *du* hättest einen Synchronsprecher. Eine markante Stimme aus dem Off, nicht so ein diffuses Herumgestotter. Und daneben am besten gleich noch einen Dolmetscher für Gebärdensprache. Dann könntest du auch endlich mal sehen, was für einen Blödsinn du redest. Und Untertitel, Untertitel müssten her. Am besten direkt in phonetischer Lautschrift, damit ich dir folgen kann, wenn du wieder in deinen Bart nuschelst. „Nimm doch mal den Finger aus der Nase und sprich deutlich!", sagte ich dir. Aber du kraulst lieber weiter deinen fusseligen Bart. Immerzu.

Wäre unsere Beziehung eine Zoo-Doku, würde jetzt der Sprecher einsetzen und in seiner charmant-süffisanten Art darauf hinweisen, dass du ein eher schüchterner Zeitgenosse bist.

„Oha. Das kleine Maki-Äffchen ist heute in schlechter Stimmung. Schon seit Stunden sitzt es da und hypnotisiert das andere kleine Maki-Äffchen."

Ja, Maki-Äffchen. Das bist du. Du bist kein Gorilla. In deinem Blick liegen Angst und Verzweiflung. Ich frage mich, wer hier eigentlich mit wem Schluss macht. Und dann frage ich dich: „Wer macht hier eigentlich mit wem Schluss?" Irgendwo zwischen deiner anhaltenden Schockstarre hast du ein paar lichte Momente, in denen du nach Antworten suchst.

Ich gebe dir Antworten, Max. Fakt ist: Es gibt keinen Synchronsprecher, keine Untertitel. Unsere Beziehung ist keine putzige Zoo-Doku.

Nein, sie ist viel schlimmer.

Unsere Beziehung ist wie Takeshi's Castle. Eine Schlacht, die ich nicht gewinnen kann. Da springt man monatelang in Unterhose über Hindernisse, irrt durch Labyrinthe voller Monster und hinter jeder Tür lauert eine weitere Enttäuschung. Max, du bist mein Takeshi's Castle. Und ich bin dein Adam-Sandler-Film.

Ohne Happy End.

„Ich brauche Zeit für mich", hast du gesagt. Das ist doch prima. So Phasen hat man ja im Leben. Manche gehen dann Enten füttern, andere verschwinden für eine Woche im Keller und spielen mit ihrer Modelleisenbahn. Und dann ist es auch wieder gut. Bei dir ist gar nichts gut. Du willst keine Enten und keine Modelleisenbahn. Und mich, mich willst du auch nicht mehr.

„Ich muss hier raus", hast du gesagt. Ja, dann nix wie los. Abfahrt. Wie wär's mit Teheran? Teheran ist gerade günstig, habe ich gehört. Wieso gehst du nicht nach Teheran? Da scheint ganz viel die Sonne. In Teheran. Da brauchst du nur eine Badehose. Ich pack sie dir ein, in deinen Koffer. Für Teheran.

„Nein", hast du gesagt. „Es ist so schwer alles. So schwer." Ja, da hast du recht. Da hilft auch kein Synchronsprecher mehr. Du redest nur Scheiße. Es gibt niemanden, der Scheiße übersetzen kann. Das ist das Problem.

„Ich muss mich selber finden." Das ist ja wohl der größte Witz! Oder hast du da etwa Selbstfindung mit Fremdfindung verwechselt? Als du am Wochenende in der Disko deine neue Freundin gefunden hast? Das blond toupierte Flittchen! Und ein Tattoo hat sie auch, weil Tattoos hat man ja heute. Als Zeichen der Individualität. Da muss man sich die Haut verschandeln, da reicht es nicht mehr, wenn man einfach Cellulitis hat. Nein, da muss direkt ein Tattoo her! Lebenslänglich. Am besten ein ganz kreatives, in einer anderen Sprache, die man selbst gar nicht spricht. Und da steht dann natürlich was total Wichtiges, Geheimnisvolles. Was man auf gar keinen Fall vergessen will. Und wenn man nachfragt, ist das dann der Name vom Exfreund auf Arabisch. Marvin. Wieso lässt man sich Marvin auf Arabisch auf den Rücken tätowieren? Und wird dort auch bald Maximilian Frederik von Lüdtgenstein stehen? Auf Chinesisch vielleicht?

Aber ich schweife ab vom Thema. So, wie du von mir abschweifst, lieber Max.

„Lass uns Freunde bleiben", sagtest du. Ich sagte: „Danke, wann kann ich denn zum Spieleabend vorbeikommen? Ich bringe Monopoly mit. Oder Activity. Da kannst du mir direkt mal erklären, aufmalen oder pantomimisch darstellen, wieso du mich durch diese blonde Tussi ersetzt hast!"

Der Spieleabend wurde abgesagt.

Als du gegangen bist, Max, da dachte ich wirklich, du würdest wiederkommen. Bist du ja auch. Aber nur, weil du dein Skateboard vergessen hattest. Das scheiß Ding! Ich hätte es verbrennen sollen, als ich noch Gelegenheit dazu hatte. Dafür habe ich aber alle deine Briefe verbrannt. Den einen Einkaufszettel, den du mal geschrieben hast.

Dann wurdest du noch fies. Du brauchst jetzt eine Frau, die du wirklich interessant findest, hast du gesagt. Das war nicht freundlich. Ich bin mega interessant. Ich bin so interessant, ich könnte mir selbst stundenlang zuhören. Das tue ich auch manchmal, wenn keiner guckt. Aber apropos interessant, da gibt es etwas, das ich dich fragen möchte, lieber Max. Wie interessant findest du eigentlich die Tatsache, dass ich gestern Nacht in dein Cabrio gekackt habe?

Heute ist *Love Monday*, Max.

Und deswegen verbleibe ich mit freundlichen Grüßen.

XOXO. HDGDL.

Deine

Sandra

DINO LOVE

Der dicke Dino war mir jetzt schon eine ganze Weile gefolgt. Ungefähr so lange, dass es kein Zufall mehr sein konnte und mir langsam unheimlich wurde. Ich setzte auf Konfrontation.

„Ey!", rief ich. „Du bist längst ausgestorben!"

Der Dino erschrak.

„Woher weißt du das?"

„Ich habe davon gelesen."

Er grübelte eine Weile und kam dann einen Schritt auf mich zu.

„Stand da auch etwas über mich?"

Spannender Ansatz.

„Wie heißt du denn?"

„Volkan", stellte sich der Dino vor. Und ich befand, dass Volkan ein reichlich dämlicher Name für einen Dino war. Volkan hießen vorzugsweise krasse Typen. Im Grunde war Volkan an sich schon so ein krasser Name, dass er direkt für zwei Menschen reichte. Oder eben für einen Dino.

„Nein, da stand nichts über dich."

Volkan war sichtlich enttäuscht.

„Warum folgst du mir?", wollte ich wissen.

Er druckste ein wenig herum, bevor er sprach.

„Ich habe mich in dich verliebt."

Da hatten wir das Malheur.

Der Dino kam mit zu mir, weil er meine geschlossene Haustür einfach einrannte und ich ihn nicht mehr vor selbige setzen konnte. Also unterhielten wir uns eine Weile und tranken dazu Fencheltee. Auf meine Nachfrage verriet mir der Dino, dass er die letzten Jahrzehnte in einer Softeis-Maschine gelebt hatte.

„Erdbeergeschmack", ergänzte er gewissenhaft.

„Wie hast du denn da reingepasst?", wollte ich wissen.

„Wenn es kalt ist, ziehen sich die Gefäße zusammen", erklärte Volkan fachmännisch. „Aha", sagte ich. Offenbar hatte der Dino Physik studiert. Das beeindruckte mich nachhaltig.

Volkan grunzte aufgeregt: „Ich bin vom Rummel!" Er musste mir auf der letzten Kirmes gefolgt sein, was reichlich kurios war, denn mein letzter Kirmesbesuch war achtzehn Jahre her.

„Du bist dick geworden", stellte Volkan ungefragt fest und das stimmte ihn seltsam fröhlich.

„Darf ich fernsehen?", fragte er. Ich nickte ergeben und reichte ihm die Fernbedienung, die er sogleich aß, weil sie so appetitlich aussah. Also lasen wir stattdessen in der Fernsehzeitung und stellten uns die passenden Bilder dazu vor. „Ich finde dich sehr hübsch", erklärte Volkan schließlich und weil er nichts anderes da hatte, schenkte er mir ein Stück trockenen Kot, aus dem er sogleich mit viel Elan ein Herzchen formte. Es passte ausgezeichnet in den leeren Türrahmen, sodass kein neugieriger Nachbar mehr in meine Wohnung linsen konnte. Ich bedankte mich artig und wies ihm meine Schlafcouch, mit der er sich sofort zudeckte und einschlief.

Volkan wohnte mehrere Wochen bei mir, bevor wir uns das erste Mal nackt sahen. Wir waren beide gleichermaßen erschrocken und Volkan konnte sich lange nicht beruhigen, weil ihm Vergleichbares zuvor noch nicht zugestoßen war. Als er sich nicht beruhigen konnte, las ich ihm zum Trost ein paar Seiten aus „Pippi Langstrumpf" vor. Der Dino gluckste vor Freude über das starke Mädchen und wollte auch hochgehoben werden, woraufhin er mit Anlauf auf meinen Rücken sprang. „Huckepack!", grölte er.

Ich verbrachte einige Tage im Krankenhaus, wo Volkan kein Besuchsrecht bekam und wohin er lediglich selbstgebackene Plätzchen schickte, die ein wenig nach Fußmatte schmeckten, aber aussahen wie kleine Entenköpfe.

Als ich wieder entlassen wurde, war es draußen Frühling geworden und das Leben duftete nach Neubeginn. Der Dino und ich gingen im Wald spazieren und zählten die Blätter an den Bäumen. Immer wenn ich richtig lag, aß Volkan den Baum auf, damit ich das Spiel nicht gewinnen konnte.

Der Dino ging meistens gebückt, sodass er aus der Ferne aussah wie eine nur halb aufgeblasene Hüpfburg. Ich fragte ihn, ob das Absicht sei. Er verstand nicht, was ich von ihm wollte, denn Volkan war noch nie auf einer Hüpfburg gewesen. „Du bist doch vom Rummel!", rief ich empört. „Du musst doch wissen, was eine Hüpfburg ist!" „Ist eine Hüpfburg so etwas Ähnliches wie Softeis?", wollte der Dino wissen. Ich schüttelte den Kopf. „Dann kenne ich keine Hüpfburg." Das tat mir leid für ihn. Um das nachzuholen, gingen wir in den Freizeitpark und verlustierten uns ein wenig. Leider konnte ich Volkan nicht beweisen, wie viel Vergnügen eine Hüpfburg bereitet, weil sie unter ihm sofort zerplatzte wie eine bunte Seifenblase. „Hüpfburgen sind kacke", stellte Volkan fest. Ich konnte ihm nicht widersprechen.

Wir kauften uns Softeis und später wurde beim Kinderschminken aus mir eine Katze und aus Volkan ein Mensch. Jetzt sah er ein bisschen aus wie mein Papa.

Am Abend saßen wir zusammen vor dem Fernseher und schauten „Jurassic Park". Volkan gruselte sich vor den Menschen, die so brutal gegen seine Artgenossen vorgingen. In besonders brenzligen Momenten drückte er sich das Sofa vors Gesicht. „Das ist doch nur ein Film", beschwichtigte ich ihn. „Menschen sind böse", protestierte Volkan. Ich hatte keine Gegenargumente.

Als der Abspann lief, nahm Volkan meine Hand und wurde feierlich. „Du bist kein böser Mensch", attestierte er mir. „Du bist wie Softeis, nur besser." Ich nahm das als Kompliment.

Am Morgen bemerkte ich, dass Volkans Platz unter der Schlafcouch leer war. Ich fand ihn im Wohnzimmer auf dem Boden sitzend, in seinen Händen ein aufgeschlagenes Buch und drei große Sorgenfalten zwischen den Augen. „Ich bin wirklich ausgestorben", stellte er fest. Er ließ das Lexikon sinken und wimmerte ein wenig, was sich anhörte wie die rostige Kupplung eines großen LKWs. „Ich bin tot!" Ich setzte mich neben ihn auf den Boden und tätschelte liebevoll seinen dicken Fuß, der einladend nach Käse-Fondue roch. „Aber du bist doch hier", tröstete ich ihn. Er schüttelte den Kopf. „Wer sagt mir das?" „Ich", erwiderte ich energisch. „Ich sage das." Volkan zog geräuschvoll seine Nase hoch und atmete dabei meine Stereoanlage ein. „Was ist, wenn das nicht stimmt?" In der Stille hörte ich Volkans Herz geräuschvoll pumpen. „Was ist, wenn du lügst?" Seine Tränen tropften literweise von seinen geröteten Wangen und bildeten einen kleinen Fluss auf meinem Teppich. Besorgt hielt ich seinen Fuß umschlungen, der ab und an dramatisch zuckte. „Ich mache uns erst mal einen Tee", verkündete ich dann, denn ich wusste, dass Tee viel bewirkt, und wenn schon nichts im Herzen, dann zumindest in der Blase.

Als ich mit den zwei dampfenden Tassen ins Wohnzimmer zurückkehrte, war Volkan verschwunden. Die Stereoanlage stand fein säuberlich auf der Kommode, der Teppich war trocken und fusselfrei, mein Bücherregal ruhte unangetastet neben der Fensterfront. In der Luft hing nur der leise Geruch von Käse-Fondue.

Aber ich lüge nicht. Er war wirklich da.

ZAUBEREI

„Meine Damen und Herren, für die nächste Nummer brauche ich jemand Unerschrockenen auf dieser Bühne. Einen Freiwilligen, der weder Feuer noch Tod fürchtet. Ich möchte, dass jemand Zeuge wird, wie Magie passiert! Ich benötige einen Assistenten, der mich in der Mitte durchschneidet. Ja, Sie haben richtig gehört: Jemand, der mich teilt, wie eine sahnige Hochzeitstorte! Wer ist dafür bereit?"

Ich zeigte auf. Der Zauberer hatte allerdings nicht damit gerechnet, dass ich meine eigene Säge dabeihatte. Das wiederum brachte uns beide in eine unangenehme Situation. Die Show wurde überraschend früh durch den Notarzt beendet. Ich war enttäuscht, weil die versprochene Magie ausblieb.

„Du musst auch immer übertreiben!", kommentierte Felix das Geschehen. Ich war mir nicht sicher, ob er damit die Säge meinte, die ich aus Sicherheitsgründen stets bei mir trug, oder meinen übermotivierten Einsatz bei „Arthurs großer Zaubershow" in der städtischen Kindertagesstätte. Letztlich hatte ich nur das getan, was der Zauberer von mir verlangt hatte: Ihn zerteilt wie eine sahnige Hochzeitstorte. Er hatte sich nicht einmal bedankt.

Menschen sagen mir oft, dass ich übertreibe, obwohl ich das für übertrieben halte. Ich wünschte, das Leben würde einmal übertreiben, aber dafür ist es viel zu bescheiden. Die Welt hat mich desillusioniert. „Wo ist denn all die Magie, wenn man sie mal braucht?", fragte ich Felix. Doch der wackelte nur beleidigt mit dem Kopf und sah weiter still aus dem Fenster. Offensichtlich war Felix sauer auf mich, obwohl ich ihm gar nichts getan hatte. „Wenn ich etwas von Magie verstünde", dachte ich da, „dann würde ich ihn jetzt wieder versöhnlich stimmen!" Doch dafür fehlte mir der richtige Zauberspruch.

Aber vielleicht irrte ich mich ja. Vielleicht konnte ich ja zaubern. Vielleicht kommt die Magie bloß auf leisen Sohlen daher. Vielleicht benötigt sie gar kein Rampenlicht und keine Spezialeffekte. Vielleicht ist sie viel kleiner, alltäglicher. Und vielleicht hatte ich sie die ganze Zeit nur übersehen.

Beweisführung:

Trick 1: Der Verschwinde-Zauber

Als ich fünf Jahre alt war, fürchtete ich mich vor allem. Ich fürchtete mich vor der Dunkelheit, in der ich nichts sah, und ich fürchtete mich vor dem Licht, in dem ich alles sah. Ich hatte Angst vor winterlichen Baumgestalten, die sich nachts in meine Träume stahlen, um dort nach meinen

Augäpfeln zu greifen, weil diese auf ihren Zungen wie fröhliche Cola-Kracher schmeckten und in ihren Mundwinkeln schillernde Seifenblasen warfen. Ich fürchtete der düstere Wald an unserem Garten würde eines Tages durch die Hauswand brechen und mit großem Besteck in meinem Gehirn stochern, nur um dort einen Teelöffel voll Angst zu finden. Ich fürchtete nichts mehr, als dass mich jemand essen könnte, weil unsere Nachbarin mir ständig sagte, wie süß ich doch sei. In einer Nacht, in der ich keinen Schlaf fand, erzählte ich meinem Vater von meinen Sorgen. Ich malte ihm mit zitternden Händen Schattengestalten an die Zimmerwand, nur um im gleichen Moment selbst davor zurückzuschrecken. Mein Vater, ein Mann, der stets die Wahrheit sprach, blickte mir daraufhin fest in die Augen und sagte: „Sandra, niemand will dich essen. Du schmeckst doch gar nicht!"

Meine Angst war verschwunden.

Trick 2: Der Kartentrick

Ich sah meine Großmutter häufig Karten falten. Wie ein Herzchirurg saß sie über bunten Bastelbögen, wog mit aller Liebe das Papier zwischen ihren winzigen Händen, um es schließlich glatt zu streichen und mit blauer Tinte Worte darauf zu setzen. Kein Anlass war klein genug, um nicht doch mit feierlichen Wünschen bedacht zu werden. Kein Bekannter zu entfernt, um nicht doch einen postalischen Gruß zu erhalten. Und mit jeder Karte, die zwischen zäher Spucke und handgeformtem Pappkarton entstand, verschickte sie auch immer etwas Liebe. Aus kleinen Briefumschlägen fielen ihre warmen Worte wie Konfetti in mein Herz.

Ich weiß nicht, wie sie es tat und nicht einmal warum, aber ich weiß, dass es auf dieser Welt keine magischeren Karten gibt, als die Karten meiner Großmutter.

Trick 3: Der Schwebezauber

Felix wäre mir vielleicht nicht einmal aufgefallen, hätte er in der ersten großen Pause nicht dieses unsagbar hässliche T-Shirt getragen, auf dem ein neongrünes Nilpferd einen Kometen reitet. Dieses neongrüne Nilpferd war zweifelsohne das Hässlichste, was an diesem Morgen zur Schule gekommen war, obwohl ich immer geglaubt hatte, dass ich das sei. Ich, mit meinen Hasenzähnen, den fusseligen Haaren und den blumigen Leggins, die immer ein wenig zwickten im Schritt. Ich, so verunsichert und voller Selbstzweifel, wie mir die Pubertät in mahnender Beständigkeit böse Adjektive ins Ohr legte und von meiner Fehlbarkeit sang.

„Ich mag dein T-Shirt", sagte ich zu Felix. Er blickte mich an und lächelte. „Und ich mag dich", sagte er.

Sein Kompliment traf mich wie ein Komet, auf dem ein Nilpferd reitet. Ich fühlte mich schön und leicht.

Fast so, als könnte ich schweben.

Trick 4: Der Zerteilungstrick

An grauen Wintertagen fühle ich manchmal den Weltschmerz auf mir liegen, als wäre ich ein IKEA-Bett, in dem jeder einmal Probe schläft und ein wenig seiner Sorgen zwischen den Kissen verliert. Dann male ich grundlos düstere Bilder auf beschlagene Autoscheiben, nur um die bösen Geister loszuwerden. Dabei braucht es nicht mehr als ein Gespräch mit dir, um aus jedem meiner Fragezeichen einen Punkt zu machen und all den Kummer in meinen Sätzen mit Worten zu stillen. Zwischen längst vertrautem „Das wird schon wieder" und aufgewärmtem „Alles wird gut" tröstet mich das Wissen, dass ich meine Melancholie geteilt habe wie eine sahnige Hochzeitstorte. Nur ohne Säge.

Trick 5: Der Entfesselungszauber

„Ich kann das nicht", höre ich dich sagen und sehe deinen Kopf voll schwerem Zweifel zwischen deinen Händen ruhen. Wie Ketten liegt die Lethargie auf deinen Gliedern, kompromisslos und lähmend. Dabei ist es manchmal ganz leicht, dich wieder in Brand zu stecken, mit einem Funken bloß. Oder drei Worten: „Hier, ein Bier!"

oder „Lass uns tanzen!" oder einfach nur „Du schaffst das."

„Meine Damen und Herren, für die nächste Nummer brauche ich jemand Unerschrockenen auf dieser Bühne! Einen Freiwilligen, der die Magie beherrscht. Dafür braucht es keine großen Gesten, keine Säge. Sondern nur die richtigen Worte zur richtigen Zeit. Wer von euch ist dafür bereit?"

PRO KRASS TINA AKTION!

„Tina", sage ich gedanklich zu mir – und das ist einigermaßen lustig, weil ich gar nicht Tina heiße. „Tina, komm mal in die Puschen!" Tatsächlich habe ich meine fröhlich frisierten Plüschpantoffel bereits seit mehreren Stunden an den Füßen, aber im Sinne meiner kleinen Motivationsrede ziehe ich sie noch einmal aus, um schließlich mit großem Elan wieder hineinzufahren. Ich erschrecke kurz, weil sie so warm sind, und verdächtige meinen Mitbewohner Michael, sie zuvor getragen zu haben, aber der versichert mir glaubhaft, dass dies nicht der Fall sei. Nun, da ich in die Puschen gekommen bin, gebiete ich Michael die Wohnung zu verlassen, denn ich brauche Ruhe und Michael atmet viel. Und wenn Michael zu viel atmet, kann ich mich nicht denken hören. Ich umschreibe mit freundlichen Worten mein Anliegen, aber Michael kann offenbar schlecht mit konstruktiver Kritik umgehen. Er schnaubt verargert, was mich emotional etwas aufreibt, aber schließlich höre ich die Wohnungstür mit einem trockenen Schmatzen ins Schloss fallen. Die einkehrende Stille verunsichert mich zunächst, aber dafür höre ich jetzt das leere Papier zu mir sprechen: „Was kannst du eigentlich?" Ganz schön provokant. Ich erkenne nun, warum so viele Menschen Angst vor dem weißen Blatt haben, und fühle mich durchaus ein wenig eingeschüchtert. Sicherlich fällt mir auf die Frage sonst eine Menge ein, aber gerade gelingt es mir nicht Selbiges zu formulieren. Deswegen sage ich „Ja" und finde das schon mal reichlich klug und eloquent. Viele wichtige Fragen wurden bereits mit „Ja" beantwortet und es war selten falsch. Dabei lasse ich den Lamy-Tintenfüller grüblerisch durch meine Finger gleiten, was eine Menge Zeit frisst, denn ich habe zehn Finger und jeder davon möchte mehrmals drankommen. Hui. Ein kleiner Teil meines Körpers hat also großen Spaß, während sich mein Kopf anfühlt wie ein Patient im Wachkoma. Ein Gedanke pocht unermüdlich gegen meine Schläfe: „Du musst diese Hausarbeit schreiben!" Bei dem Stichwort Hausarbeit erwacht in mir neuer Aktionismus und ich erkenne die dringende Notwendigkeit Michaels Zimmer zu staubsaugen. Dabei wissen wir unlängst, dass unser alter WG-Staubsauger den Staub weniger saugt als vielmehr schubst, denn eigentlich funktioniert er seit Karneval nicht mehr richtig. Seit dem denkwürdigen Tag, an dem jemand – und ich möchte nicht ausschließen, dass ich das war – – im trunkenen Kopf den tollkühnen Gedanken hatte, dem freundlichen Rüsseltier – und nichts anderes ist so ein Staubsauger ja – ein Gesicht zu schnitzen, sodass sich jedweder Fusselkram fontänenartig im Raum verteilt. Der provisorisch angebrachte Tesafilm konnte da nur wenig retten, sodass ich nun also freudig verschiedene

Bodenbeläge vor mir her schiebe und in Michaels Zimmer verteile. Schnell erinnert sein Teppich an eine Pizza Vier Jahreszeiten und ich bekomme spontan Hunger. Diese Art Hunger, welche nur eine große Portion selbstgemachte Hackfleischtorte zu stillen vermag.

„Du musst diese Hausarbeit schreiben!" Nein, ich muss eine Hackfleischtorte backen. Leider haben wir gerade wenig Hack im Haus und weil dem so ist, gehe ich erst einmal mit meiner Spongebob-Tupperdose vor die Tür und klingel bei unseren Nachbarn. Frau Schmackowski aus dem 3. OG hat kein Hack, aber eine Handvoll Hähnchenherzen. Dazu kommt etwas Tiefkühlgyros von Herrn Pattowski und ein gutes Pfund Paniermehl von der WG aus dem Erdgeschoss. Mir gelingt es, die Zutaten zu einem Alufolien-Bonbon zu knoten, das ich schließlich für mehrere Stunden in den Backofen schiebe, um ihm beim gemütlichen Rösten zuzuschauen. Als mein Fleischmahl schließlich fertig ist, habe ich keinen Hunger mehr und entsinne mich wieder meines Ursprungsplans.

„Du musst diese Hausarbeit schreiben!" Beflügelt von neuem Tatendrang räume ich Papier und Tintenfüller beiseite, um härtere Geschütze aufzufahren. Mit „härtere Geschütze" meine ich meinen rosa Laptop und mit „aufzufahren" meine ich „hochzufahren", was mit einem freundlichen Begrüßungs-*Pling* honoriert wird. Ich erwidere die digitale Freundlichkeit mit einem forschen Waidmanns Heil und klicke mich durch bis zum Textbearbeitungsprogramm. Auch hier wartet ein leeres Blatt Papier und provoziert mich ungefragt mit einem frechen Strich, der unnachlässig blinkt wie die Warnblinkanlage in meiner ersten gescheiterten Fahrprüfung. Dafür raucht diesmal nichts. Was allerdings ein wenig schade ist und weil der entsprechende Laptop mit ZZ Top nun einmal nicht viel mehr gemein hat als den Nachnamen, bin ich schnell von seiner offensichtlichen Schlichtheit gelangweilt. Zunächst verbringe ich mehrere Lebensjahre auf Facebook, um dort vorsorglich für mein Hausarbeitsthema „Das Leben und Wirken von Heinrich v. Kleist" zu recherchieren. Ich stelle fest, dass Kleists Wirken nicht sehr groß war, sonst hätte er mehr Facebook-Freunde. Das demotiviert mich ein wenig und ich erwäge für kurze Zeit, mein Studium abzubrechen.

„DU MUSST DIESE HAUSARBEIT SCHREIBEN!" Ich beschließe, meinem Dozenten eine freundliche Mail zu senden und um Aufschub zu bitten. Das hat schließlich auch schon die 23 Male zuvor geklappt. Ich löse das Problem gekonnt mit Copy & Paste.

„Sehr geehrter Herr Dr. Löhring, leider ist es mir aus persönlichen, praktischen, spirituellen und objektiven Gründen nicht möglich, die Hausarbeit zum verabredeten Zeitpunkt einzureichen. Mit der Bitte um Aufschub und sommerlichen Grüßen, Sandra."

Ich ersetze das „sommerlich" durch „winterlich" und drücke auf SENDEN. In dem Wissen, dass ich meine akademische Karriere soeben vor dem Exitus bewahrt habe, gönne ich mir erst mal ein kaltes Feierabendbier und stochere ein wenig im kalt gewordenen Fleischbonbon. Das habe ich mir jetzt wirklich verdient.

„Bist du schon fertig?" Michael kommt überraschend nach Hause und pöbelt ein wenig. Ich schenke ihm vorwurfsvolle Blicke und weise darauf hin, dass ich damit beschäftigt war, sein Zimmer zu saugen und Essen zu machen. Sein schlechtes Gewissen verleitet ihn dazu, mich mit einem 50-Euro-Schein zu entlohnen. Das ist nur fair.

Gegen späten Abend erreicht mich dann eine Mail von Dr. Löhring.

„Liebe Frau da Vina, ich arbeite seit zwanzig Jahren nicht mehr an der Universität. Ihnen für Ihr weiteres Studium alles Gute! Beste Grüße, Löhring."

Offenbar hatte ich länger prokrastiniert, als angenommen.

JEMAND

Jemand wohnte schon sehr lange in der Rübe-
ckerstraße 12. Im Frühjahr 1995 hatte er den
Zuschlag für die kleine Mietwohnung im Erdgeschoss bekommen und war noch am selben
Abend mit seiner Couch und etwas Dosensuppe
eingezogen. Jemand hätte sich gerne ein Haustier angeschafft, aber er war allergisch gegen alles, was Fell hatte, und energisch gegen alles, was
schuppig war. Schuppen lagen genug auf seinen
hängenden Schultern, mit denen er ein ums andere Mal gegen den Türrahmen stieß, wenn er die
Kurve zum Bad wieder zu eng nahm. Es lag nicht
an der Tür und auch nicht an der Kurve. Jemands
ganzes Leben war zu eng, wie ein Schuh, der an
den Zehen unangenehm drückte. Schuhgröße 43
1/2, ein gesunder Durchschnittsfuß an enttäuschend haarlosen Schenkeln und einem aufge-
steckten Körper, der in jedweder Form belanglos
war.

„Jemand. Irgend Jemand", hatte er sich vor-
gestellt, als die Nachbarin nach langem Warten
doch noch die Tür geöffnet und seinen Gruß
zaghaft erwidert hatte. Ihre Entgegnung „Angenehm" war so fahrlässig über ihre Lippen
gekommen, dass Jemand im Nachhinein nicht
hätte sagen können, ob die kleine Vorsilbe „un"
nicht doch davor gestanden hatte. Unangenehm.
Das traf durchaus auf sein Leben zu, aber davon

konnte die fremde Frau nichts ahnen, obschon sie alt genug schien, um allwissend zu sein. Noch im Nachhall ihrer geschlossenen Tür hörte Jemand die Menschen reden, wie sie es immer taten:

Hat Irgend Jemand meinen Autoschlüssel gesehen? Irgend Jemand jammert ja immer. Denkt eigentlich Irgend Jemand mal an mich? Irgend Jemand muss es ja machen. Immer ist Irgend Jemand schuld.

An kalten Wintertagen, und davon gab es in seinem Leben viele, stand Jemand am Fenster und drückte seine Stirn an die eisige Scheibe, um seine pochenden Gedanken zu betäuben. Irgendwann wurden die Stimmen in seinem Kopf leiser und alles, was blieb, war ein dumpfer Schmerz, der klang wie ein unbeantworteter Türöffner. Das Summen dröhnte zwischen seinen Ohren und rasselte mit jedem Atemzug aus seiner Nase, wo es sich in Jemands Wohnung verlor und später in seine Dosensuppen kroch, um mit der nächsten Mahlzeit wieder von ihm verspeist zu werden. Ein ewiger Kreislauf.

Jemand fühlte sich unverstanden. Er konnte nicht verstehen, dass die Leute sich immer wünschten, sie wären Jemand. Er war Jemand und es gab keinen Grund, ihn darum zu beneiden. Jemand zu sein, war für niemanden von Vorteil. Am Abend stand er lange vor dem Spiegel und malte mit seinen trockenen Fingern Grimassen in sein Allerweltsgesicht, damit er für einen Moment vergaß, wer er war.

Einmal hatte es forsch an seiner Türe geklopft. „Hallo?" Jemand hatte es vorgezogen nicht zu öffnen, denn er erwartete ja niemanden, und wer nicht erwartet wird, konnte auch nicht erwarten, dass man ihm öffnet. „Ist da jemand?" Da der Eindringling aber augenscheinlich seinen Namen kannte, fühlte sich Jemand bemüßigt, doch noch vorstellig zu werden. „Hallo", begrüßte er den fremden Mann. Dieser zeigte sich sehr erschrocken über Jemands Erscheinen und stolperte rückwärts in die Arme eines zweiten Mannes, der schweres Gerät an seiner Seite trug. Die beiden musterten Jemand ungläubig. „Wir dachten, sie wären tot." Jemand schüttelte den Kopf. „Nein." Jemand war nicht tot. „Ihre Nachbarn sind besorgt. Man sieht sie so selten", entschuldigten die Männer ihr Auftreten. Dann lachte der eine bemüht. „Da hat sich wohl jemand einen Scherz erlaubt!" „Ich beliebe nicht zu scherzen", erwiderte Jemand. Grußlos schloss er die Tür und ärgerte sich den restlichen Tag. Und auch den Tag darauf und die folgende Woche, denn Irgend Jemand war sehr nachtragend.

Das letzte Mal, dass Jemand sich so geärgert hatte, war im vergangenen Sommer gewesen, als er ein paar ernste Briefumschläge an Unternehmen geschickt hatte, die ihm passabel erschienen und in deren Dienste er gerne getreten wäre.

Doch niemand wollte Jemand einstellen, denn seine Trefferquote in den gängigen Suchmaschinen war beunruhigend groß und sein Lebenslauf bedenklich klein. Er hatte bei den Firmen angerufen und nachgefragt. „Aber sie suchen doch Jemand?", hatte er insistiert. „Hier bin ich." Man habe sich für einen anderen Bewerber entschieden, erfuhr er. Und Jemand fühlte sich um sein Leben betrogen.

An einem Sonntagmorgen traf ein Daumen Jemands Klingel und der ungewohnte Glockenton stob wie Staub durch seine Wohnung. Jemand schreckte hoch und biss sich dabei unglücklich auf die Zunge, die schon zu lange träge in seinem Mund gelegen hatte. Beinahe hatte er vergessen, wie es sich anhörte, wenn es an seiner Türe läutete. Da er sein Festtagsgewand trug und sich darin gerne zeigte, beschloss Jemand, den unerwarteten Besuch zu empfangen, und schlich hinüber in den Flur, wo er andächtig dem Echo der Türglocke lauschte. Es klingelte erneut und Jemand zuckte zusammen, fing sich wieder und betätigte schließlich den Türöffner. Eine Frau mittleren Alters, in einen Schal gewickelt und unter einer braunen Hochsteckfrisur, wartete bereits auf seiner Türschwelle.

„Hallo."

Das Wort hing eine Ewigkeit zwischen ihnen. Sie lächelte nervös.

„Ich bin am Wochenende eingezogen. In die Wohnung über Ihnen. Darf ich mich vorstellen", sie ergriff seine Hand und hielt sie wie einen Brautstrauß still vor ihrer Brust. Er schüttelte sie aus Höflichkeit.

„Niemand", sagte sie.

„Jemand. Irgend Jemand", erwiderte er.

Und es war das erste Mal, dass Irgend sich fühlte, als wäre er jemand.

DIE SACHE MIT PETER

„Aha!", dachte ich. Ganz offensichtlich war Peter jetzt schon mehrere Stunden online, ohne dass er meine dreiundvierzig Nachrichten beantwortet hatte. Das ließ nur einen möglichen Schluss zu: Peter war in mich verliebt! Logisch! Er wollte sich extra viel Zeit nehmen für seine Antwort, um ja nichts Falsches zu sagen. Wahrscheinlich hing er gerade in diesem Augenblick verträumt vor meinem Profilbild und hatte darüber den Rest der Welt vergessen. Peter war bis über beide Ohren in mich verliebt, daran bestand kein Zweifel. Diese neue Erkenntnis umfing mich wie die Arme einer liebenden Mutter. Ich fühlte mich warm und geborgen. In wohliger Glückseligkeit schrieb ich Peter eine vierundvierzigste Nachricht: „Hallo Peter, keine Sorge, ich warte auf dich." Peter antwortete nicht.

Dabei verhielt sich Peter schon längere Zeit sehr auffällig: Er schaute immer weg, wenn ich guckte, und kicherte mit Martin, wenn ich in der Schule kluge Dinge sagte. Da ich ziemlich oft kluge Dinge sagte, kicherte auch Peter sehr häufig und das bereitete mir eine Gänsehaut. Einmal äffte mich Peter sogar nach, als ich ein Referat über Braunkohle hielt. Es war zweifelsohne ein sehr spannendes Referat gewesen, so spannend wie Braunkohle nun einmal ist, und deswegen war es nicht verwunderlich, dass auch

39

Peter plötzlich Feuer fing. Seine Bewunderung für mich und mein junges Lebenswerk war unumstritten.

Peter saß zwei Reihen hinter mir, was es sehr schwierig machte, ihn unauffällig zu beobachten. Ich baute mir aus Papas Rückspiegel, einer Flasche UHU und dem ersteiften Unterkörper unseres verstorbenen Klassenmeerschweinchens Agathe eine Konstruktion, die es mir erlaubte, Peter heimlich zu observieren. Dafür musste ich mich nur umdrehen und Peter den Meerschweinchen-Rückspiegel hinhalten, um im selben Moment einen Blick auf ihn erhaschen zu können. Peter merkte davon nichts, denn er war von Agathe und dem strengen UHU-Geruch abgelenkt. Ich tat dies recht häufig und es funktionierte erstaunlich gut, bis zu dem Tag, als der Unterkörper von Meerschweinchen Agathe plötzlich zerbröselte und mein falsches Spiel aufflog. Seitdem hatte ich immer ein Foto von Peter in meinem Federmäppchen, das ich in sehnsuchtsvollen Momenten zärtlich zwischen meinen Fingern rieb und ab und an mit Spucke benetzte, damit es nicht unter meiner Leidenschaft verglühte.

Einmal hatte ich Peter ganz direkt angesprochen. Es war ein Moment verbaler Entblößung gewesen und noch lange nach dieser Begegnung britzelte mein Herz wie ein Päckchen grüner Ahoi-Brause. „Hast du einen Anspitzer?", hatte ich ihn gefragt und natürlich wusste ich, dass er einen Anspitzer hatte, denn Peter spitzte seine Buntstifte ausgesprochen gerne, um danach die Stiftereste nach mir werfen zu können, wie Holzscheite in ein loderndes Feuer. Peter lief puterrot an und schwieg. Das fand ich verdächtig, denn da wusste ich noch nicht, dass sein Erröten Ausdruck einer nahenden Masernerkrankung war.

Als Peter die nächste Woche nicht mehr zur Schule kam, vermisste ich ihn sehr. In der großen Pause rieb ich manchmal meinen Hintern an seinem Stuhl, weil ich fest glaubte, dass wenn schon nicht ich, dann aber zumindest mein Hintern zeitreisen konnte und Peter sich nächste Woche sehr darüber freuen würde. Außerdem hatte ich heimlich in Peters Turnbeutel uriniert, um einen weiteren intimen Moment zwischen uns herzustellen. Vorher hatte ich ausreichend Cola getrunken, sodass Peters Sportklamotten nun zuckrig glänzten und ein wenig nach altem Marshmallow rochen. Als Peter nach einer Woche wiederkam, war seine Begeisterung enttäuschend klein.

„Manchmal muss man die Menschen zu ihrem Glück zwingen", pflegte meine Mutter zu sagen. Ich hatte lange nicht verstanden, was sie damit meinte, denn meine Mutter sagte häufig Dinge, die in meinen Ohren keinen Sinn ergaben. Aber plötzlich reifte in mir eine Erkenntnis.

Ich beschloss, Peter zu entführen. Da Peter von meinem Vorhaben allerdings nichts wusste, war er mir nur wenig hilfreich dabei. An einem Dienstag meldete ich mich freiwillig zum Kakaodienst und bat Peter, mit mir zu kommen, was er mit gespieltem Ekel schließlich tat. „Peter", sagte ich zu ihm, als wir uns gemeinsam durch die Gänge der Schule schleppten. „Ich trinke gar keinen Kakao." Das hätte ihm eine Warnung sein können, aber Peter ergriff wider Erwarten nicht die Flucht, sondern schlurfte wortlos weiter. Das verstand ich als Liebesbeweis. Ich wies ihm schließlich die Tür zu den Lagerräumen, wo er ungeschickt über mein ausgestrecktes Bein stolperte und kopfüber in einen Spind geriet, von dem ich zufällig einen Schlüssel besaß. Hinterher konnte keiner behaupten, dass ich ihn gewaltsam festgehalten hatte. Es war alles eine Verkettung unglücklicher Umstände. „Wir sind jetzt zusammen", erklärte ich Peter, der immer noch vergeblich versuchte den Spind von innen zu öffnen. „Für immer". Durch die Schlitze in der Tür sah ich seine Augen panisch funkeln. „Du bist doch irre!", rief er. Ich nutzte unsere Zweisamkeit, um ihm noch einmal das Braunkohle-Referat vorzutragen, welches ihm so viel Freude gemacht hatte, und zeigte ihm abschließend Agathes Oberkörper, den ich nach langem Suchen zwei Wochen zuvor im schulischen Biomüll gefunden hatte. Peter gefiel weder das Referat, noch das

Meerschweinchen und ich zweifelte zum ersten Mal daran, dass Peter wirklich der Richtige war.

„Peter geht es nicht gut", erklärte ich später in der Klasse. „Durchfall." Man verlieh mir eine metaphorische Tapferkeitsmedaille, weil ich Peter in dieser schweren Stunde beigestanden hatte, und ich nahm die Huldigung mit offenen Armen entgegen. „Das hätte doch jeder getan", sagte ich. Aber da war ich mir nicht so sicher.

Bei seinem allabendlichen Rundgang fand der Hausmeister Peter noch am selben Tag in der Abstellkammer und befreite ihn aus seiner misslichen Lage. Peter schwieg beharrlich darüber, wie er in den Spind gelangt war, und bestand lediglich auf die Flasche Kakao, die ihm noch zustand. Zur Schlafenszeit ploppte dann eine Nachricht auf meinem Bildschirm auf. Sie kam von Peter.

„Ich mache Schluss."

Und das kam jetzt wirklich überraschend.

Dr. Jack McDanger schlug mit der flachen Hand so lange auf die Leertaste ein, bis er fünfzig Seiten damit gefüllt hatte. Mehrere Konsonanten und drei Vokale lösten sich dabei aus der Tastatur und gaben den Blick auf ein paar alte Frikadellenbrösel frei. Entzückt über seine Entdeckung schabte er mit dem kleinen Finger die Essensreste aus dem Buchstabenbett und kostete davon. Es schmeckte nach etwas, das einmal lecker war. Sein neues Buch wirkte wie etwas, das einmal lesbar war. Dann hatte er es vermasselt.

McDanger kannte sich aus mit Schlamasseln. Nicht wenige hatte er erlebt, viele davon sogar selbst verursacht. So wie gestern. McDanger war den Tag über sehr wütend auf sich gewesen, weil er am Vorabend in einsamer Trunkenheit seinen Protagonisten Wilfried hatte sterben lassen, obwohl dieser für den Fortgang der Geschichte so bedeutend war. Wilfried hatte ihm wahrlich nichts getan und deshalb war es ziemlich ärgerlich, dass Wilfried auf Seite 8 so plötzlich der Syphilis erlag. Umso erstaunlicher, da Wilfried ein Bison war und Titelheld der Geschichte „Wilfried Flausch – Ein Bison zum Liebhaben". Jetzt, wo Wilfried tot war, fühlte Dr. Jack McDanger diese Leere in sich, die er zuletzt auf dem Abiball 1981 gespürt hatte, als seine Begleiterin vom Toilettenbesuch einfach nicht mehr zurückgekehrt war. Das war im Grunde nicht wirklich überraschend gewesen, hatte er sie im Vorfeld doch gefragt, ob sie ihm ihre Brüste zeigen könnte – was eine legitime Frage war, denn McDanger hatte zuvor noch keine Brüste gesehen und er wollte sehr gerne darüber schreiben. Doch daraus wurde nichts.

Stattdessen hatte sich Dr. Jack McDanger in der Literaturszene einen Namen als Kinderbuchautor gemacht. Sein Spezialgebiet waren die Streichel- und Fühlbücher, in denen Kunstfelle und Lederimitate den kindlichen Leser zum Kuscheln einluden. Manchmal kuschelten auch ältere Kinder oder gar Erwachsene mit den Büchern, und das machte McDanger für gewöhnlich sehr wütend, denn nicht umsonst hatte das Buch eine Altersbeschränkung. „Kackfressen!", nannte er die frechen Kuschler dann. Und die fanden das lustig, denn McDanger ist zugegebenermaßen eine ziemlich lustige Type wegen seiner großen Trinkernase und dem fehlenden Kopfhaar. Vielleicht war das auch der Grund, warum Wilfried hatte sterben müssen. McDanger war sehr neidisch gewesen auf Wilfried und seine flauschige Glückseligkeit. Überhaupt besaß sein Protagonist all das, woran es McDanger selbst so schmerzlich mangelte: Charakter, Lebensfreude und eine volle Haarpracht.

Eigentlich hätte McDanger gerne einen „Harry Potter" geschrieben, nicht mal alle sieben, nur einen. Meinetwegen den dritten oder vierten, pflegte er zu sagen. Es war ihm wirklich egal, er war bescheiden. Aber einen hätte er ruhig mal schreiben können. Leider litt McDanger an einem angeborenen Tippfehler, den er trotz langjähriger Therapie nicht in den Griff bekam. So, wie andere Menschen stotterten oder lispelten, konnte McDanger kein „P" schreiben. Stattdessen schrieb er ein „D". Aus „Harry Potter" wurde also „Harry Dotter – Das zauberhafte Küken", was sich in der Zielgruppe der 3-5-Jährigen zugegebenermaßen erstaunlich gut verkaufte und McDanger schnell zum Rolf Zuckowski der Kinderliteratur machte. Es folgten „Deter Eichel – Das fröhliche Eichhörnchen" und „Daul Zottel – Das wuschige Shetlanddony", allesamt 10-seitige Pappkartonbücher mit fusseliger Felleinlage. Im Internet konnte man Rezensionen zu „Harry Dotter" lesen. „Unsere 1-jährige Enkeltochter beschäftigt sich sehr ausgiebig mit dem Buch", stand dort. „Es gibt verschiedene Materialien zu fühlen und eine Seite knistert sogar!" Wenn McDanger das Buch in seinem Kamin verbrannte, knisterte es auch. Dabei dachte er dann an unsittliche Dinge, die er lieber anfassen würde, wofür es aber kein Buch gab. Sein Verleger hatte Ideen in diese Richtung stets mit Empörung abgewiesen. Daraufhin hatte McDanger wiederum seinen Verleger mit Empörung abgewiesen und war in eine große Depression verfallen. Jetzt waren

Wilfried und seine Träume gestorben. Der literarische Exitus.

Die Buchstaben, welche McDanger vorhin so nachlässig aus der Tastatur gepurzelt waren, lagen nun neckisch über den Schreibtisch verteilt, wo sie das Wort „Öfronik" bildeten, was zugegebenermaßen kein richtiges Wort war, aber McDanger dennoch dazu motivierte, seine Mutter anzurufen.

„Mutter", sagte er mit dieser kindlichen Stimme, die der alten Dame noch aus jüngeren Jahren im Gedächtnis hing. „Mutter, kannst du mich hinter dem Ohr kraulen?" Denn er liebte es hinter dem Ohr gekrault zu werden, weil es sein Hirn anregte und er dann Dinge dachte, für die es kaum genug Buchstaben gab, um sie zu dokumentieren. Mutter verneinte diese Frage jedoch entschieden, denn sie hatte durchaus kein Interesse mehr an dem kreativen Schaffen ihres Sohnes, seit sie wusste, dass dieser keinen Harry Potter geschrieben hatte. McDanger, der bis zum 15. Lebensjahr gestillt wurde, konnte seine Enttäuschung kaum verbergen. „Aber Mutter …", protestierte er hilflos. Die alte Dame hatte bereits aufgelegt.

In der Einsamkeit seines Arbeitszimmers wünschte sich McDanger Wilfried zurück, denn ein flauschiger Bison hätte sicher eine Menge Trost gespendet.

RASPUTIN

„Und das ist für dich!" Ich hatte mir immer ein Haustier gewünscht. Einen Hund, eine Katze oder wenigstens ein Schaf. Der durchlöcherte Karton, der mir nun gereicht wurde, war gerade mal so groß wie mein dicker Zeh. Ich ahnte, dass dort kaum ein Hund oder eine Katze drin sein konnte, hoffte aber noch beim Öffnen auf ein besonders kleines Nacktschaf, das man später in einen Wollpulli hätte kleiden können, damit es nicht fror. Ich wurde enttäuscht. „Ein Hamster?" Erstaunlicherweise lag daneben auch gleich der passende Käfig samt Hamsterrad, was den Karton nachträglich interessanter machte. Mein Onkel outete sich als Verpackungskünstler und nahm die Verantwortung für das Präsent auf sich. „Freust du dich?" Ich nickte stumm.

Später stellte sich heraus, dass der Hamster Rasputin hieß und ein ziemlich großes Arschloch war. Aber da war das 14-Tage-Rückgaberecht schon abgelaufen.

Montag

„Du siehst so anders aus heute", begrüßt mich Rasputin. „Hast du dir etwa die Zähne geputzt?" Meine Laune ist direkt im Keller. „Du könntest dir mal wieder die Beine rasieren", fährt er unbeirrt fort. „Ich dachte kurz, das wären Artgenossen!" Dass mein Hamster über Nacht zum Hygienepapst ernannt wurde, kommt überraschend. Für ein Tier, das sich ab und an zum Vergnügen in der eigenen Kacke wälzt, ist er ziemlich übermütig. Das teile ich ihm direkt mal mit, woraufin Rasputin beginnt, mit seinem Kot zu werfen. Ich tue es ihm gleich, er verliert.

Dienstag

Rasputin studiert seit zwei Semestern Informatik an der Fernuni Hagen. Sein technisches Geschick manifestiert sich erfolgreich im Umgang mit meinem Laptop. Dabei lacht Rasputin immerzu darüber, dass er so gut „die Maus" bedienen kann. Hamsterhumor. Am Wochenende hat sich Rasputin 80 GB Videomaterial der Erfolgsserie „Milf-Hunter" heruntergeladen. Das teilt er mir nun in einer feierlichen Ansprache mit. „Dafür musste ich ein paar Sachen löschen", erklärt er mir am Frühstückstisch. „Was denn so?", will ich wissen. „Bachelorarbeit_Entwurf, Bachelorarbeit_Quellen und Bachelorarbeit_Notizen." Ich schlucke. „Und Bachelorarbeit_Final". Rasputin verbringt die Nacht auf dem Balkon, wo er Bekanntschaft mit den fünf Nachbarskatzen macht.

Mittwoch

Rasputin hat die fünf Nachbarskatzen gegessen. Beim fröhlichen Morgengruß bröselt ihm ein wenig Mieze aus der Backentasche und mir wird übel. „Was ist das?", frage ich und zeige dabei auf ein verdächtiges Fellgewölle, was blutig zwischen uns liegt. „Dönerteller?!", erwidert Rasputin. Ich glaube ihm nicht.

Donnerstag

Rasputin zeigt sich einigermaßen verstört. Er hat nervösen Durchfall und seine Augenlider zucken wie der Bass des neuen David-Guetta-Songs. Das liegt nicht am Katzenschmaus, sondern an der Tatsache, dass ich heute Nacht Sex hatte. „Du hättest nicht hingucken brauchen", erkläre ich ihm. „Es war wie ein Unfall, ich konnte nicht wegschauen!" Er übergibt sich leise. Ich freue mich, dass Rasputin mein Liebesleben so unappetitlich findet, und beschließe öfter Sex zu haben. Ein guter Vorsatz.

Freitag

„Das Leben hat keinen Sinn mehr", erklärt Rasputin heute. Zu meiner Enttäuschung plant er keinen Selbstmord, sondern möchte lediglich ein wenig philosophieren. Ich bemühe Platos Schattengleichnis und komme zu dem Schluss, dass wir alle in einem Käfig sitzen, mehr oder weniger. Rasputin fühlt sich intellektuell befruchtet und beschließt ein Buch zu schreiben. Zwei Stunden später überreicht er mir einen knittrigen Zettel, auf den er ein dickes Nilpferd gemalt hat, das Pfannkuchen brät. Ich frage Rasputin nach dem philosophischen Gehalt der Zeichnung, doch der schüttelt nur den Kopf. „Wenn du da nicht alleine draufkommst, kann ich dir auch nicht helfen." Offensichtlich bin ich dumm.

Samstag

Heute früh hat sich Rasputin aus vier Tampons, einem Maoam-Papier und drei Gewürzgurken eine Uniform gebastelt. Wie man an den Ausgangsmaterialien unschwer erkennen kann, ist das eine scheiß Idee. Rasputin merkt das nicht. Dafür erinnert seine Erscheinung jetzt stark an das Bühnenbild der letzten DJ-Bobo-Tour.

„Was soll das?", frage ich Rasputin.

Dieser reißt begeistert die kleinen Arme hoch und feiert sich ekstatisch.

„Star Trek!", brüllt er.

Offenbar schaut Rasputin in letzter Zeit ziemlich viel Tele 5. Ich erteile ihm Fernsehverbot und lese stattdessen aus Harry Potter vor.

Sonntag

„Ich hätte keine Eule, ich hätte einen Menschen", erklärt Rasputin mir zum Frühstück. „So einen wie dich." Das macht mir Angst. Seit ich Rasputin aus dem ersten Harry-Potter-Band vorgelesen habe, wartet er ungeduldig darauf, dass Hagrid endlich kommt, um ihn abzuholen.

„Wann kommt der große, haarige Mann?", fragt er beinah stündlich.

Seine Frage wird endlich beantwortet, als er meinen Vater zum ersten Mal sieht.

„Hagrid!", brüllt Rasputin im blinden Freudentaumel. „Hagrid!"

Meinem Vater ist die Situation sichtlich unangenehm, aber er fühlt sich auch ein wenig geschmeichelt. Da sich Rasputin nicht umstimmen lässt und ich das auch nicht vorhabe, nimmt mein Vater ihn schließlich mit. „Aber nicht bevor ich meine Star-Trek-Uniform übergeworfen habe", ruft Rasputin. Und irgendwie habe ich die leise Vorahnung, dass mein Vater bald eine Eule ist.

Eben noch hatte Kai-Uwe verträumt in der Nase gebohrt und mit der linken Gesichtshälfte lässig am Fenster der S6 gelehnt, da purzelte ihm im nächsten Augenblick sein Penis unverhofft aus dem rechten Hosenbein und landete im Viermannabteil der ruckelnden S-Bahn. So was war Kai-Uwe noch nie passiert. Er hatte bereits viel verloren: seinen Schlüssel, das Portemonnaie, mehrere Endkämpfe beim Tekken und das ein oder andere Mal auch die Haltung. Aber seinen Penis, den hatte er noch nie verloren. Nun lag er da, der fleischige Geselle, zwischen einem alten Kaugummi und einer zerknitterten Bildzeitung. Erschrocken betrachtete Kai-Uwe das Malheur und überlegte, was nun zu tun war. Noch im kurzen Moment des Zögerns hatte bereits ein junger Labradorrüde nach dem Fleischklops geschnappt und ihn gierig heruntergeschlungen. „Wir essen nichts vom Boden!", hörte Kai-Uwe die Besitzerin aufgeregt quieken. „Was hast du da? Spuck das aus, Lubomir, spuck das aus!" Lubomir, der junge Labradormischling, spuckte nichts wieder aus, sondern leckte sich mit einigem Vergnügen die schwarzen Lefzen, sodass seine Spucke zwischen den Zähnen lustige Fäden zog. Kai-Uwes Mund hingegen war staubtrocken.

Kai-Uwe kannte sich nicht aus mit dem Leben ohne Penis und er wollte es auch gar nicht.

Aber das Schicksal meinte es nicht gut mit ihm. Als Kai-Uwe an der nächsten Haltestelle ausstieg, begann es gerade zu regnen. Ein alter Mann am Straßenrand sang Lieder von Celine Dion. Es war ein trauriges Bild, das sich dem unbedarften Zuschauer dort bot, und ein kleines Mädchen, das zufällig vorbeilief, weinte ein bisschen. Kai-Uwe war auch zum Weinen zumute, wie er dort still im prasselnden Regen stand und den Klängen des Straßenmusikers lauschte. Er fühlte eine nie gekannte Leere zwischen seinen Beinen, die hoch bis in sein Herz kroch und dort ein schmerzhaftes Echo auslöste, das ihm in leisen Tränen aus den Augen quoll. Ab heute war alles anders. Kai-Uwe war jetzt eine Frau.

Kai-Uwe kannte Frauen aus dem Fernsehen und aus der heimischen Küche. Seine Mutter war äußerlich in etwa so weiblich wie das Dekolleté von Pierce Brosnan. Noch heute wuchsen ihr mehr Haare im Gesicht als Kai-Uwe auf der Brust. Aber sie hatte ihren biologischen Dienst getan und Kai-Uwe einst das Leben geschenkt. Als dieser sie am Abend über sein Missgeschick informierte, lachte sie nur trocken. „Das musste ja passieren!", sagte sie. Aber das hatte sie auch gesagt, als der Familienhund Fipsi an einem lauen Sommertag 1986 unter den väterlichen Rasenmäher geraten war. Kai-Uwe war sich bereits damals mit seinen fünf Jahren ziemlich sicher gewesen, dass so was nicht passieren musste. Aber nun war es passiert.

„Ich habe mir immer eine Tochter gewünscht", sagte Kai-Uwes Vater und schenkte ihm eine große Auswahl an perligem Lidschatten, den er offenbar schon einige Jahrzehnte zu diesem Zwecke bei sich trug. Kai-Uwe nahm das Präsent wortlos entgegen und wünschte sich heimlich einen Lego-Hubschrauber, damit er damit fortfliegen könnte.

Kai-Uwe hatte wenig weibliche Attribute: Er trug alljährlich eine Bruce-Willis-Perücke und verfügte über den Körperbau eines sibirischen LKW-Fahrers. Wenn er sich auf den Kopf stellte, sah er aus wie ein dicker Mann, der auf dem Kopf steht. Das war Kai-Uwes Zauber, mehr hatte er in seinem ganzen Leben nicht geleistet. Jetzt saß Kai-Uwe im Licht seines Laptops vor Versandhauskatalogen und versuchte, sich für Stöckelschuhe und Sommerkleider zu begeistern. Man konnte ihm wahrlich nicht vorwerfen, dass er sich nicht jede Mühe gab, das neue Leben anzunehmen, aber es mochte ihm einfach nicht gelingen.

„Das ist meine neue Tochter", stellte sein Vater ihn morgens an den Supermarktkassen vor und die Leute schauten Kai-Uwe fragend an, denn er sah weder wie eine Tochter aus, noch wirkte er besonders neu. Aus Höflichkeit schenkte man ihm dennoch ein Lächeln und ein klebriges Vitaminbonbon, das Kai-Uwe auf dem Heimweg nachdenklich zwischen seinen Zähnen klackern ließ.

Später saß er mit seinen Eltern am Mittagstisch und stocherte in dampfendem Rosenkohl, als sein Vater das Wort an ihn richtete. „Tochter", sagte er, „es wird Zeit, dass du einen Mann findest und heiratest." Kai-Uwe schluckte lautlos. „Der Nachbarssohn Rupert könnte dir ein guter Gatte sein." Kai-Uwe hatte viele Jahre mit Rupert Fußbälle gegen Garagentore geschossen und konnte sich nicht recht vorstellen, wie es sein würde, Rupert allabendlich mit einer warmen Mahlzeit zu empfangen. Dennoch stimmte er seinem Vater zu, denn Kai-Uwe war es nicht gewohnt zu widersprechen.

Am Abend malte Kai-Uwe sich mit glitzerndem Nagellack kleine Herzchen auf die Fußnägel, damit sein Körper wieder etwas fröhlicher war, aber er fühlte sich immer noch traurig.

In jener Nacht hegte Kai-Uwe das erste Mal in seinem Leben Fluchtgedanken. Mit seinem gepackten Koffer stand er zu früher Stunde am Bahnhof und wartete auf seinen Zug. Leider wusste er nicht, welches sein Zug war, denn er hatte keine Idee, wohin er überhaupt wollte. „Wo ist der alte Mann, der Lieder von Celine Dion singt, wenn man ihn mal braucht?", dachte Kai-Uwe. Aber am Bahnsteig saß nur ein rotnasiger Penner, der Bob Marley grölte. „No woman, no cry", hallte es einsam durch die Bahnhofshalle und Kai-Uwe fühlte dieses Lied wie nie zuvor.

„Einen wunderschönen guten Morgen, ihr hört Sunshine FM mit dem Besten der 80er, 90er und von heute. Es ist Happy Tuesday, ihr Lieben.

Heute machen wir euch glücklich!

Habt ihr einen Herzensmenschen, den ihr lieb grüßen wollt, dann ruft doch einfach mal an!

So wie die Sandra aus Essen. Die ist jetzt bei mir in der Leitung und möchte auch eine kleine Botschaft überbringen, oder?"

„*Ja.*"

„Das ist doch schön, das ist doch toll. Wem möchtest du denn deine Grüße schicken."

„*Dem Max.*"

„Dann hast du jetzt Gelegenheit dem Max ein paar liebe Worte zu sagen. Bitte schön."

„*Lieber Max, heute ist Happy Tuesday. Ich musste an dich denken, weil du scheinst ja ziemlich happy zu sein. Du alte Frottébirne. Die Sabine hat erzählt, dass du dich verlobt hast. Allerdings nicht mit mir, das wüsste ich. Gott sei Dank finde ich deine neue Freundin so super, sonst wäre ich jetzt bestimmt ein bisschen wütend. Und wir wissen beide, dass das nicht schön ist. Stattdessen wollte ich dir ein Gedicht schreiben. Leider fiel mir nix ein, was sich auf „verkacktes Drecksarschloch" reimt. Deswegen verbleibe ich mit einem fröhlichen FICK DICH. Fick dich und deine ...*"

Tuuut Tuuut Tuuut

„Hallo? Hallo?"

Komisch, jetzt bin ich irgendwie aus der Leitung geflogen. Dabei wollte ich mir doch noch ein Lied wünschen. Stevie Wonder mit ‚I just called to say I love you'. Dafür spielt Sunshine FM jetzt Unheilig, die perversen Schweine.

Hoffentlich hat der Max auch wirklich zugehört. Alles andere wäre ärgerlich. Gott sei Dank bin ich auf Nummer Sicher gegangen und habe ihm noch einen bunten Blumenstrauß aus Beleidigungen auf seiner Mailbox, 34 Eintragungen auf seiner Facebook-Pinnwand und eine nicht minder imposante Zahl an SMS und MMS auf seinem Smartphone hinterlassen. Der technische Fortschritt ist da ganz klar auf meiner Seite.

Blöderweise kann ich die vorbereiteten 48 Seiten, Schriftgröße 6, Zeilenabstand 1,0 jetzt nicht weiter im Radio vorlesen. Deswegen hier ein paar Auszüge.

Max, du oller Gesichts-Gunther. Gute Neuigkeiten: Ich bin total über dich hinweg. Hat ja auch nur zwei Jahre gedauert. Ich bin so was von cool. In meiner Wohnung hängen kaum noch Bilder von dir. Nur die eine Fototapete, auf der deine metergroßen Sommersprossen so niedlich sind. Gestern habe ich auch endlich mal die Bettwäsche gewechselt, die noch nach dir riecht. Das ist ein völlig neues Lebensgefühl.

Auf Facebook habe ich dann deine Urlaubsfotos gesehen. Mallorca soll ja wirklich schön sein. Und das 2-Sterne-Piranha-Clubhotel „Calimocho" macht auch einen wirklich netten Eindruck. Aber deine neue Freundin hätte auf den „Wir-küssen-uns-im-Sonnenuntergang-Bildern" ruhig mal den Bauch einziehen können. Übrigens erinnert sie mich ein bisschen an deine Mutter. Im Bikini. Du warst ja schon immer eher der mütterliche Typ, Max. Deswegen haben wir auch nie zusammengepasst. Ich bin eher so der väterliche Typ. Und seit du dich von mir getrennt hast, ist mein Papa auch viel entspannter. Der konzentriert sich jetzt wieder ganz auf seine militärische Karriere. Ich soll dich lieb grüßen. Mit einem Schuss in die Luft. Peng, Max. Peng.

Er hätte sich gerne ausgiebig von dir verabschiedet. Apropos verabschiedet, Max. Hast du dich inzwischen tatsächlich von der Vorstellung verabschiedet, dass die Ehe nur ein Sammelsurium irdischer Spießbürgerlichkeit ist? Zitat vom 16.10.2009, 23:41 Uhr: „Liebe Sandra, danke für deinen Heiratsantrag. Ich habe mich wirklich geschmeichelt gefühlt. Du hast schon recht, ich bin echt ein toller Mann. ;-) Aber ich kann mir nicht vorstellen, jemals" – JEMALS, Max! – „den Bund der Ehe einzugehen." Zitat Ende. Ja, die SMS habe ich immer noch. Du hättest nicht direkt wegrennen brauchen.

Ich habe ein neues Handy, Max. Das hast du bestimmt schon bemerkt, weil es fotografieren kann und ich dir ja ständig Bilder von meinem rechten Mittelfinger schicke. Leider antwortest du nie. Das finde ich schade. Vielleicht können wir deine Verlobung jetzt zum Anlass nehmen, ein versöhnliches Gespräch zu führen. Stadtgarten am Aalto-Theater? Mitternacht. Komm bitte allein. Du erkennst mich an dem mittelgroßen Stein in der rechten Hand. Ich mag Steine. Mehr als Menschen und Tiere.

Naja, schön, dass du dich jetzt endlich traust. Das macht mich richtig froh. So froh, ich kann mein Glück gar nicht in Worte fassen. Deswegen lasse ich Taten sprechen. Ich bin so froh, ich mach ein Freudenfeuer. Ups.

Da habe ich mit meinem selbst gebastelten Bunsenbrenner doch glatt diesen Spielplatz angezündet. Vor lauter Begeisterung. Was ein Spaß. Die Dinorutsche hat so schön gebrannt. Ja, das hat sie. Ich glaube, es waren keine Kinder mehr drauf.

Ich bin mir aber nicht sicher.

„Du bist krank", hast du gesagt, Max. Vielleicht hast du recht. Ich erkenne, warum man darauf kommen könnte. Aber wenigstens gibt es dann bald eine N24-Reportage über mich. Das ist die logische Schlussfolgerung. Sonst gibt es nur N24-Reportagen über Hitler oder über Killerhaie. Jetzt auch über mich. Folgender Plan: Sendeplatz 4:55, eine ausländische Produktion, irgendwo in Usbekistan. Abwechselnd sind meine Eltern und mein Psychologe im Bild. Sie sagen: „Das haben wir nicht kommen sehen." Komplett gelogen, das hätten sie kommen sehen müssen. Im Hintergrund tragende Klaviermusik.

Ich sag dir Bescheid, wenn's gesendet wird, Max.

Kurzum, lieber Max, Ich würde gerne zu deiner Hochzeit kommen. Damit ich da mit Blumen, Reis und toten Katzenbabys werfen kann. Das wäre doch schön.

Sag mir einfach Bescheid, wenn das klargeht.

Liebe Grüße, hdgdl, cu

Sandra

SILVESTER

„Einen guten Rutsch!" In der allgemeinen End-
jahresstimmung hatte ich mich an der Fleischtheke im Supermarkt zu höherer Freundlichkeit
hinreißen lassen. Ich war sonst nicht für meine
Höflichkeiten bekannt und wusste nicht, ob
meine ungewohnte Ritterlichkeit schon Ausdruck nahender Demenz oder nur die späte Aus-
wirkung meines Frühstück-Jägermeisters war,
den ich gegen die Kälte zu trinken pflegte. „Alles
Gute Ihnen und Ihrer Familie!", hörte ich mich
sagen und tatsächlich winkte ich dem Fleischfachverkäufer zum Abschied fröhlich zu. Meine
plötzliche Menschlichkeit rührte mich ein wenig.
Ich beschloss, dem nahenden Jahreswechsel eine
faire Chance zu geben, und übte mich in Opti-
mismus. Es konnte nur besser werden.

Ich kaufte ausreichend Wunderkerzen und
einen Karton rosanen Schaumwein, verpasste
mir und ein paar interessierten Kundinnen in der
Kosmetikabteilung ein Abend-Make-Up und
sortierte schließlich das komplette Supermarkt-
Sortiment der Kundenfreundlichkeit halber einmal nach dem Alphabet, erst nach dem griechi-
schen, dann nach dem lateinischen. Ich wischte
die Reste eines Gurkenglases vom Boden auf,
die jemand achtlos liegen gelassen hatte, und zur
Sicherheit wischte ich dann den ganzen Laden
einmal feucht durch. An der Kasse ließ ich erst

ein paar Rentner vor, anschließend fragte ich die anwesende Kundschaft, ob es jemand besonders eilig hätte oder vielleicht nur „ein paar Teile" bezahlen wolle. Irgendwie traf das auf alle zu. Beinahe verbrachte ich den Jahreswechsel an Kasse 3, doch um 21 Uhr hatten die Mitarbeiter und ich schließlich Feierabend. Ich zahlte ein Trinkgeld im zweistelligen Zehnerbereich und lud die Belegschaft spontan zu mir nach Hause ein. Der übergewichtige Mann von der Fleischtheke sagte als Einziger zu.

Wir öffneten bereits auf dem Heimweg die erste Flasche Schaumwein und tranken dabei ungeschickt aus unseren Handflächen, mit denen das Anstoßen nur schwerlich gelang. Ich versicherte dem Fleischfachverkäufer, dass ich zuhause Gläser hätte, und er gluckste zufrieden. „Bist du eher ein Wurstverkäufer oder ein Fleischverkäufer?", fragte ich ihn dann. Er blieb abrupt stehen, als könnte er beim Gehen schlecht denken, und grübelte in sich hinein. Dann zuckte er mit den Schultern. „Wir wiegen alles auf's Gramm genau ab!", erklärte er mir schließlich. Ich nickte anerkennend, als hätte er etwas Kluges gesagt, und wir setzten unseren Weg fort. Zwischendurch begegneten uns Kinder, die mit Böllern warfen, obwohl es dazu noch keinen Grund gab, und der Fleischfachverkäufer ärgerte sich darüber. Ich fragte ihn, ob er auch Kinder verkaufen würde. „In Scheiben?", fragte er. „In Aspik!", entgegnete ich. Er grunzte beim Lachen und das erinnerte mich an meine alljährlichen Ferien auf dem Bauernhof.

Zuhause stöpselte ich meine Heizdecke ein und der Fleischfachverkäufer und ich krochen darunter, denn es war ziemlich kalt und wir wollten beide nicht frieren. Schnell wurden unsere Bäuche warm – der Bauch vom Fleischfachverkäufer ein wenig wärmer, denn er war größer, sodass die Heizdecke über mir etwas abstand. „Hast du Neujahrsvorsätze?", fragte ich ihn, denn es schien mir unhöflich mit einem Fremden die Decke zu teilen, wenn man nicht miteinander sprach. Er dachte verdächtig lange nach, sodass ich kurz erwog, die Frage ein zweites Mal zu stellen, da antwortete er schließlich: „Überleben." Das schien mir ein fast philosophisches Vorhaben und ich gratulierte ihm sofort dazu. „Das ist eine gute Idee!" Gleichzeitig wunderte ich mich über seine düsteren Gedanken, denn der Fleischfachverkäufer wirkte noch recht jung und dürfte sich nicht mit großen Existenzängten plagen. Daraufhin erzählte er mir, dass er 1956 im Kühlhaus vergessen worden war und erst voriges Jahr wieder aufgetaut wurde. Er hatte über fünfzig Jahre auf Eis gelegen, bevor jemand bemerkte, dass es sich bei dem Klumpen in der Ecke nicht um einen Dönerspieß handelte, sondern um den Lehrling Karl-Eugen. „Das war vielleicht ein ‚Hallo'", berichtete Karl-Eugen. „Als ich da plötzlich tropfend vor ihnen stand." Ich betrachtete ihn eingehend und auch im schwachen Licht meiner Stehlampe sah er ein wenig aus wie ein fleischiger Kebab-Spieß. Von Karl-Eugen wären bestimmt viele hungrige Menschen satt geworden. „Fünfzig Jahre sind eine lange Zeit", stellte Karl-Eugen derweil fest. „Alle Menschen, die ich einmal geliebt habe und die mich einmal geliebt haben, sind tot oder haben mich längst vergessen." Ich schluckte. Plötzlich wurde es sehr heiß unter der Decke und ich fühlte mich unwohl. Ich drehte das Thermostat ein wenig herunter und verteilte Schaumwein in ausgespülten Senfgläsern. „Ich verstehe diese Welt nicht mehr", Karl-Eugen klang jetzt verzweifelt. „Ein halbes Jahrhundert hat ohne mich stattgefunden. Alles ist anders." Ich hätte Karl-Eugen gerne gesagt, dass ich die Welt auch nicht immer verstand, aber das hätte ihn wohl wenig getröstet. Stattdessen reichte ich ihm ein Glas und nahm selbst einen großen Schluck vom süßen Wein. Karl-Eugen fing sich wieder und wühlte eine Weile in seiner Hosentasche, wo er schließlich ein Pfund Zwiebelmett fand. „Ich hab auch was mitgebracht", erklärte er stolz. Da wir nichts anderes da hatten, verteilten wir das Mett auf ein paar Butterkeksen und aßen dann davon. „Wie war das denn so in den Fünfzigern?", fragte ich Karl-Eugen. Er kniff nachdenklich die Augen zusammen und kratzte sich die Nase, wobei etwas Mett in seinem Schnauzer hängen blieb und lustig im Takt seiner Kaubewegungen wippte. „Gut", sagte er dann. Und ich bezweifelte, dass er tatsächlich wusste, wovon er da sprach. „1956 wurde Mel Gibson geboren", fügte er hinzu und das bestätigte meinen Verdacht, dass es düstere Jahre gewesen sein mussten.

In diesem Moment malten die ersten Raketen Leuchtstreifen vor mein Fenster. Das entfernte Donnern der Feuerwerkskörper lockte uns unter der Decke hervor und auf den Balkon. Ich überreichte Karl-Eugen eine Handvoll Wunderkerzen, die wir gemeinsam ansteckten. „Frohes Neues", wünschten wir uns und ich fühlte mich ziemlich neu dabei. Mit einem warmen Gefühl im Bauch – und das war nicht die Heizdecke – beobachtete ich das Funkeln in Karl-Eugens Augen.

„Ich werde Vegetarier", verkündete er dann. „Ich auch", sagte ich und nahm einen großen Bissen von meinem Mettkeks. „Das ist auch weniger gefährlich."

Was bisher geschah

Gugu musste von Gigi erfahren, dass Ufuk etwas mit Tara hatte, obwohl Tara schon lange was mit Jason am Laufen hat, der vermutlich auch der Vater ihres ungeborenen Kindes ist. Das Kind hat allerdings noch keinen Namen und deswegen hat Tara sich mit Jason gestritten, weil der gesagt hat, dass *Peach Apple Tree* kein richtiger Name ist. Tara hat sich daraufhin erst mal von Ufuk trösten lassen und ist dabei blöderweise mit dem Gesicht in eine Wodkaflasche gefallen. Im Schnapsnebel ist es dann passiert. Vielleicht ist das Kind jetzt also doch von Ufuk. Das fände Gugu aber ziemlich uncool, weil sie bestimmt schon seit zwei Tagen total verliebt ist in Ufuk. Außerdem gibt es da noch einen Drogendealer, eine Schlampe (noch eine) und Türsteher Horst, der nach seinem zehnjährigen Gefängnisaufenthalt jetzt endlich resozialisiert wird.

Vorspann

Ein in pixeliger Auflösung präsentiertes Monumentalwerk aus dem Hause des 90er-Jahre-Videoclipdancings, in dem über harten Elektrobeats die koksverwöhnten Hauptdarsteller hektisch durchs Bild wirbeln. Es sieht aus wie ein cineastischer Massencrash des schlechten Geschmacks. Ein audiovisueller Unfall in HD. Wie ein Video von Blümchen, nur schlimmer. Dreißig Sekunden lang flackern Farben durchs Bild, die extra für dieses Fernsehformat erfunden wurden. Darunter gibt eine neudeutsche Castingband aus den Gefilden der Privatsender ihr musikalisches Debüt und singt einen Carpe-Diem-Song, der anstelle von guter Laune höchstens einen starken Brechreiz freisetzt. Kurz: Es tut weh. Im ganzen Körper. Man erfährt, dass die Hauptdarsteller so kreative Namen tragen wie Kiki, Gugu, Hotte, Jingis Khan oder MC Frikadelle. Warum auch immer. Es lässt sich bereits erahnen, dass keiner der hippen Akteure einen Schulabschluss hat. Herzlich willkommen beim betreuten Wohnen. Herzlich willkommen in der coolsten WG von Essen-Kray. Das ist „Essen Tag & Nacht"

1. Szene

MC Frikadelle kommt rein und will eine Prügelei anzetteln. Dann fällt ihm auf, dass er gar nicht mehr weiß, auf wen er eigentlich böse ist. Deswegen schlägt er einfach den Tisch kaputt. Im Hintergrund rennt die schwangere Tara mit rudernden Armen durchs Bild. Sie brüllt laut. Alle glauben kurz, dass ihre Wehen eingesetzt haben. Aber Tara ist ja erst in den dritten Woche. Deswegen kann das gar nicht sein. Als Gugu der Schwangeren einen Beruhigungsschnaps anbietet, wird Ufuk echt sauer. So was macht man nicht. Das ist schließlich sein Schnaps. Und Ufuk teilt nicht gerne.

2. Szene

Jason möchte sich jetzt endlich mit seiner schwangeren Freundin Tara aussprechen und schlägt ihr ein Treffen vor. Sie willigt ein, unter einer Bedingung: Tara möchte hinter einer Schattenwand sitzen, weil sie Angst hat, von ihrem Freund erkannt zu werden. Er schlägt vor, dass sie bei ihrem Treffen einfach das Licht ausmachen. Ihr ist nicht ganz wohl bei der Sache. Denn das letzte Mal, als das passiert ist, war Tara später schwanger.

3. Szene

Tara ist immer noch schwanger. Oder wieder, das weiß man nicht. Inzwischen kommt Horst nach Hause. Er hat irgendwie immer noch keinen Wohnungsschlüssel und tritt deswegen einfach die Tür ein. Zur Begrüßung prügelt er sich eine Weile mit MC Frikadelle. Dabei verfängt sich Horsts Lippenpiercing allerdings so ungünstig in MC Frikadelles frisch geföhntem Brusthaar, dass die beiden erst mit Hilfe einer Motorsäge voneinander getrennt werden können. Ärgerlich.

4. Szene

Von dem Lärm im Wohnzimmer wird Gugu wach. Beim Frühstücksbier trifft sie Ufuk in der

Küche. Der hat heute irgendwie vergessen eine Hose anzuziehen und wedelt fröhlich durch den WG-Flur. „Shizzle Ma Nizzle", sagt Ufuk zu Gugu. Die ruft erstmal ihre beste Freundin Gigi an und fragt, was heute Abend geht. Gugu hat sich schließlich gestern extra ein Outfit bei Primark geklaut und ist jetzt in Partystimmung. Leider hat sich Gigi über Nacht eine eitrige Infektion an ihrem Bauchnabelpiercing zugezogen. Deswegen musste sie heute schon die Arbeit im Sonnenstudio absagen. Alle bleiben also zuhause.

Dann ist da plötzlich dieser Mann im Fernsehen, der einem erklärt, wie Nagelpilz aussieht und was man dagegen tun kann. Man ist hin- und hergerissen zwischen Faszination und Ekel. Noch ehe man sich fangen kann, vergrößert sich das Elend plötzlich, als Vera Int-Veen ihr Gesicht in die Kamera hält und von ihrem dicken Blähbauch erzählt. Gott sei Dank mampft Vera den ganzen Tag diesen super Joghurt, sonst würde sie andauernd furzen. Sicher. Das war die Werbung.

5. Szene

Irgendjemand hat hemmungslosen Sex auf der Waschmaschine im Gemeinschaftsbad. Man sieht nur Füße. Es könnte eigentlich jeder sein. Vielleicht Horst und MC Frikadelle. Vielleicht einfach nur zwei Fremde, die gesehen haben, dass die Wohnungstür offen steht.

6. Szene

Irgendwie weinen alle. Zwischen dem wilden Geschrei der einzelnen WG-Bewohner erahnt der Zuschauer, was da los ist. Unter Zuhilfenahme von Untertiteln klärt sich die Situation schließlich auf. Irgendjemand muss Tara mitgeteilt haben, dass der Mensch in ihrem Bauch da auch irgendwie wieder raus muss. Jetzt sind alle ein bisschen aufgewühlt. Tara möchte nie wieder Sex haben. Das ist auch der Grund, warum Ufuk und Jason so weinen.

Finale

Da sitzen sie. Die Helden von „Essen Tag & Nacht". Alle finden sich irgendwie gleichzeitig scheiße und total erotisch. Wie im echten Leben halt. Dann passiert etwas, womit keiner wirklich gerechnet hätte. Etwas Tragisches, Unerwartetes. Krasser als das Ende von Lost. Haarsträubender als ein Song von Unheilig. Erschütternder als ein Konzert von Justin Bieber oder Miley Cyrus.

Dödödödödö.

Klappe zu, alle tot. Sie sterben einfach weg, an ihrer eigenen Dummheit. Sogar der Hund, von dem ich bis eben gar nicht wusste, dass es ihn überhaupt gibt.

AUFKLÄRUNG

„Fick dich."

„Entschuldigung, was hast du gesagt?"

Guck an. Mama ist aufrichtig schockiert. So etwas ist sie von ihrem Sohn nicht gewöhnt. Nein, ganz bestimmt nicht. Das ist nicht Teil ihrer angestrebten Montessori-Pädagogik. Besorgt lässt sie sich auf den Küchenstuhl sinken und mustert ihren Jungen stumm.

„Fick dich", wiederholt der gewissenhaft. „Ich habe ‚Fick dich' gesagt."

Ja, das hat er. Und es macht ihn unglaublich froh. Wie ein Kleinkind, das zum ersten Mal ‚Mama' sagt, steht er da und hält seiner Erzeugerin die Beleidigung hin, als handele es sich dabei um ein selbst gepflücktes Gänseblümchen.

„Wer hat das gesagt?", möchte Mama wissen. In ihrer Frage liegt eine unnachahmliche Schärfe. Eben dieser Art, dass man als Zögling bereits nach der zweiten Silbe versteht, dass der Tigerenten Club heute Nachmittag ausfällt. Es ist Zahltag. Mama möchte Namen hören.

„Von wem hast du das?"

„Vom Torben."

„Und zu wem hat der Torben das gesagt?"

„Zu Frau Hoppenstedt."

„Und kann es sein, dass der Torben jetzt nicht mehr an eurer Schule ist?"

„Das ist richtig."

Nun scheint auch Martin der Zusammenhang deutlicher. ‚Fick dich.' Diese Worte verleihen dem Menschen Macht, so viel hatte er mit seinen sechs Jahren bereits begriffen. Damit kann man die Welt verändern.

Es ist Mittwoch, der Vortag zu Martins siebtem Geburtstag. Und seit eben diesen sieben Jahren waren Mama und Papa stets bemüht, ihren Spross vom Übel der Welt fernzuhalten. Namentlich: künstliche Farbstoffe, Glutamat, Majonäse und Pornos. Nun war es an der Zeit, dem heranreifenden Jungen in den Makrokosmos der körperlichen Liebe einzuweihen. Beim Gedanken an dieses Zeremoniell wurde Mama leicht übel. Sie hatte in ihrem ganzen Leben noch nie explizit über den Geschlechtsakt in seiner biologischen Textur gesprochen und sah auch keinen Grund dazu, dies heute zu ändern. Schon gar nicht vor ihrem sechsjährigen Sohn.

„Manfred", sagte sie am Abend zu eben diesem, ihrem angetrauten Ehemann. „Bitte sprich mit unserem Sohn über Sex." Manfred schreckte hoch, erblich spontan und versteckte sein zum Entsetzen verzerrtes Gesicht hinter dem angegilbten Henning-Mankell-Roman. „Nein", wisperte er. „Oh, nein."

Keine zwei Minuten später findet Manfreds rechte Hand den Telefonhörer und wählt die Schnellwahltaste mit der Nummer 1.

Tuuut Tuuut.

„Mutter", sagte Manfred zu eben dieser, seiner geliebten Mutter, die sich justament am anderen Ende der Leitung gemeldet hatte. „Bitte sprich mit deinem Enkel über Sex."

Es würde ein Happening werden, keine Frage.

Der nächste Tag.

Wenn sich am siebten Geburtstag eines kleinen Jungen die große Piratenparty mit einem innerfamiliären Aufklärungstermin überschneidet, kann das noch Jahre später für sehr traumatische Erinnerungen sorgen. So geschehen im besagten Fall. Martin hatte eben die letzte Kerze auf seiner Spongebob-Torte ausgehustet, da schritt auch schon Oma Gerda auf die Bildfläche und versorgte den Zögling mit einer Portion Speichel und einer Handvoll Gummibärchen. Kaum waren diese verkostet, hielt man das Geburtstagskind für stabil genug, um den folgenden Ausführungen lauschen zu können.

„Martin", begann Mama behutsam. „Das wird dich jetzt sicher ein wenig erschrecken, aber es ist Zeit, dass du davon erfährst."

Martin bekam sofort hektische Flecken.

„Gibt es keine Geschenke?"

Die nackte Panik stand dem kleinen Jungen ins Gesicht geschrieben. Das erkannte man trotz der Augenklappe recht deutlich.

Aber nein, es gab natürlich Geschenke. Und sogar ein ganz besonders großes, unbezahlbares: nämlich den hauseigenen biologischen Diskurs in Sachen Sexualerziehung. Unter der fachmännischen Leitung der Eltern. Und natürlich Oma Gerda, die zur Anschauung beinahe ihre immense Oberweite ausgepackt hätte. Davon kann Papa Manfred sie im letzten Moment aber noch abhalten. Dieser bemüht sich stattdessen um wortreiche Erklärungen und beginnt wild zu gestikulieren.

„Der Penis ...", setzt er an.

„Pipimann!", korrigiert Mama sofort.

„Nein, Penis."

„Pipimann!"

Manfred zeigt sich genervt.

„Ich möchte es nun einfach gerne Penis nennen, bitte schön."

In diesem Moment erscheinen bereits ein paar verfrühte Geburtstagsgäste in Form der Nachbarskinder Jonas und Tabea. Unbeeindruckt von den steigenden Zuschauerzahlen setzen Mama und Papa ihre Diskussion fort.

„Pipimann!"

„Penis!"

„Pipimann!"

„Ich möchte einen Pipimann haben!", brüllt Jonas.

„Jonas, du hast bereits einen Pipimann."

Papa Manfred nutzt das entstandene Chaos, um unbeirrt fortzufahren.

„Jedenfalls wird der Penis dann im erigierten Zustand in das weibliche Geschlechtsteil ... wir nennen es ...“

Oma Gerda unterbricht ihn. „Schmuckkästchen.“

„Wir nennen es NICHT Schmuckkästchen“, insistiert Manfred.

„Und wir lassen den Papa jetzt einfach mal ausreden.“

Martin ist anzusehen, dass er das Bedürfnis seines Erzeugers teilt. Von seinem Sofaplatz aus sieht er im Garten die Schaukel traurig im Wind schwingen.

Papa ermahnt die anwesende Sippschaft zur Contenance und nimmt seinen verstörten Sohn erneut ins Gebet. Irgendwo zwischen ein paar peinlichen Pausen findet er seinen Wortschatz wieder und verteilt fröhlich biologische Fachtermini. Als schließlich das Wort „Eichel“ fällt, möchte die kleine Tabea wissen, was denn die Eichhörnchen damit zu tun haben. Anstatt einer Antwort reicht man ihr eine Packung Wachsmalstifte und einen Walkman mit Benjamin-Blümchen-Kassette. Während Tabea in der anderen Ecke des Zimmers Prinzessinnen auf Mamas Tischdecke malt, hat Papa den Zeichenblock zur Flipchart umfunktioniert. Hektisch beginnt er mit einem stumpfen Bleistift auf das chlorfrei gebleichte Papier einzudreschen. Ob es Wut ist oder Leidenschaft, wagt keiner so recht auszumachen. Das Ergebnis wirkt allerdings recht friedlich. Ja, es sieht ein bisschen so aus wie eine freundliche Illustration aus den Bussi-Bär-Heften. Nur ohne Bärchen. Mit mehr Penis und Brüsten.

„Und das hier …", Papa malt einen riesigen Filzstift-Pfeil in Dunkelrot. „Das ist der Ort des Geschehens."

„Wenn ich mir eine Bemerkung erlauben darf …", wieder ist es Oma Gerda, die Einspruch erhebt. Noch ehe ihr jemand das Wort erteilen kann, hat sie bereits zu einem besonders grellen Textmarker gegriffen und schreitet zur Tat, um der Zeichnung die nötige Tiefe zu verleihen. Unter neongelbem Schamhaar reckt sich Undefinierbares quer über den Zeichenblock.

„Ein Elefant?", Martin ist aufrichtig verwirrt.

„Das, mein lieber Junge, ist ein Penis. Du hast auch so was."

Dem Martin ist anzusehen, dass er so was lieber nicht hätte.

Inspiriert durch die vielen Tiermetaphern möchte nun auch Mama ihren Beitrag leisten und bemüht die altbewährten Blümchen/Bienchen-Bilder. Kopfschüttelnd beobachtet Manfred seine Frau dabei, wie sie in Wallungen gerät und eifrig durchs Wohnzimmer hopst. Es trägt höchstens zur guten Stimmung bei.

Oma Gerda kann das Elend nicht länger ertragen und schreitet schließlich zur Tat. Irgendwoher muss sie ein paar fragwürdige Fotomagazine gezaubert haben, denn das, was jetzt auf dem Geburtstagstisch liegt, hat nichts mehr mit Kinderliteratur zu tun. Martin und die anwesende Piratenschar sind auffällig still geworden. Dann geht alles sehr schnell. Während Tabea unkontrolliert in Tränen ausbricht, hat ihr großer Bruder Jonas spontan unter den Küchentisch gebrochen. Martin sitzt eine Weile still da, betrachtet Omas Pornoheftchen und steht dann wortlos auf, um in sein Zimmer zu verschwinden. Die Geburtstagsparty ist vorbei. Neben dem Magazin „Die Superbrüste IV" und einer schwitzenden Spongebob-Torte liegen noch ein paar ungeöffnete Geschenke. Eins ist mal klar: So schnell wird Martin nicht noch einmal ‚Fick dich' sagen. Und das findet vor allem Mutti ziemlich beruhigend.

LOVE STORY

Ich habe entsetzlichen Durchfall. Ich habe immer entsetzlichen Durchfall, wenn ich verliebt bin. Oder wenn ich Nudelsalat mit Majonäse esse. Manchmal habe ich auch Durchfall, wenn ich nur an Nudelsalat mit Majonäse denke. Was mich allerdings nicht davon abhält. Nudelsalat mit Majonäse zu denken **und** zu essen, weil der verdammt lecker ist und ich von Dingen, die lecker sind, grundsätzlich nicht die Finger lassen kann. Wie zum Beispiel Stefan. Vom Stefan kann ich auch nicht die Finger lassen. Wenn Stefan ein Nudelsalat wäre, dann wäre er ein Nudelsalat *Deluxe*. Mit extra viel Fleischwurst. Ja, Stefan käme direkt aus der Feinkostabteilung.

Tatsächlich hatte ich Stefan geliebt, bevor ich Stefan überhaupt kannte. Damals machte ich gerade mein Freiwilliges Soziales Jahr bei der NSA. Zwölf Monate lang ein bisschen Recherche und Datensicherung. Das schien mir ein netter Zeitvertreib nach dem Abitur. Man versprach mir eine leitende Funktion in einem gemeinnützigen Projekt, ich versprach mir ein wenig Abwechslung vom Schulalltag. Ich sollte Stefan überwachen. Nur ein bisschen, 24 Stunden am Tag. Stefan geriet in das Visier der Fahnder, weil er sich bei Facebook unter dem Namen „Hot Shit" registriert hatte und bei der Google-Bildersuche unter „Shit" definitiv keine Fotos von Stefan zu finden waren. Das erschien auch mir sehr verdächtig. Bei meiner Überwachung stellte sich heraus, dass Stefan durchaus mehr mit einem Nudelsalat gemein hatte als mit hottem Shit, wobei der Kausalzusammenhang nicht zu verkennen ist. Aber das Thema hatten wir ja bereits.

Die folgenden Monate beobachtete ich Stefan via Webcam dabei, wie er sein Leben lebte, und stellte mit einiger Zufriedenheit fest, dass er dies recht häufig nackt tat. Zunächst ahnte ich nichts von meinen aufkeimenden Emotionen, doch schließlich erwischte ich mich dabei, wie ich eines Abends in schmusiger Schlaftrunkenheit seinen verpixelten Unterkörper mit Blicken der Zärtlichkeit bedachte. Stefans spärliche Intimbehaarung erinnerte mich stark an mein geliebtes Angora-Meerschweinchen Rudi, das 1998 auf einer Entdeckungstour durchs elterliche Schlafzimmer in einen Nagellackentfernerpad geraten war und dabei nicht nur sein Augenlicht, sondern auch einen Großteil seines üppigen Gesichtspelzes verloren hatte. Dort, in Stefans Schritt, erahnte ich nun die Knopfaugen des kleinen Nagers und fühlte eine längst verloren geglaubte, tiefe Sehnsucht in mir nach Liebe und Geborgenheit. Ich bekam sofort entsetzlichen Durchfall und da ich keinen Nudelsalat gegessen hatte, ließ dies nur einen logischen Schluss zu: Ich war verliebt. Mit klopfendem Herzen beschloss ich Stefan eine

Nachricht zu schreiben. Eine Nachricht, die er nicht ignorieren konnte. Eine Nachricht, auf die tausend Nachrichten folgen würden. Eine Nachricht, die mein Leben nachträglich verändern sollte. Ich schrieb die einzige, alles entscheidende Frage, auf die kein Mensch, so grausam er auch sein möge und so verlassen und düster die Kammern seines Herzens auch seien, jemals eine Antwort verwehren könnte.

„Hey du, wie spät ist es?"

Noch während meine schwitzenden Finger über das Touchpad des Laptops glitten, fühlte ich, dass dies der Beginn von etwas Großem war.

Und tatsächlich! – keine vier Monate später erhielt ich eine Antwort.

„Hey, es ist zwanzig vor fünf."

Ich stutzte kurz – meine Uhr zeigte gerade mal 16:39. Mein Vertrauensverhältnis zu Stefan alias „Hot Shit" stand also bereits auf wackeligen Beinen, aber wenn man einen jungen Mann so oft beim Popeln beobachtet hatte, mag diese Lüge einen nicht mehr verunsichern. Die nächste Uhrzeit, die wir austauschten, verwies also auf unser erstes Date. In der Zwischenzeit hatte ich Stefans E-Mail- und Chateingang von sämtlichen Nachrichten mit weiblichem Absender gereinigt und mit dem selbst erstellten Account „Deine Mutter" für ein wenig Reproduktionsstress gesorgt.

„Hallo Sohn!"

Schrieb ich dort.

„Wann machst du mich zur Oma?"

Um die Authentizität meiner Nachricht zu unterstreichen, beendete ich jeden Satz mit einem freundlichen Smiley mit runder Bärchennase. Das machen Mütter so.

Es war also angerichtet.

Ich hatte eigens für das romantische Picknick ein paar Biertrinkpäckchen vorbereitet – simple Konstruktion: Hansa Pils, ein altes Gurkenglas und ein McDonalds-Strohhalm. Supergut. Der Gipfel deutscher Romantik! Leider teilte Stefan meine Empfindungen nicht und zeigte sich undankbar, indem er meinen Drink einfach ablehnte.

„Von Bier bekomme ich immer Durchfall."

Dafür hatte Stefan ein paar Frikadellen dabei. Und Nudelsalat.

„Aha!", dachte ich. „Das kommt direkt auf meine Liste der verdächtigen Dinge!"

Ich musste erkennen, dass Stefan in Wirklichkeit weit weniger Gemeinsamkeiten mit meinem Angora-Meerschweinchen Rudi hatte, als zunächst angenommen. Auch unsere Gesprächsthemen waren schnell erschöpft, da ich mir alle W-Fragen bereits zuvor im Internet beantwortet hatte. Stefan gab sich allerdings ziemlich neugierig und fragte mich sehr intime Dinge, wie: „Und was machst du so?" oder „Ganz schön windig heute, nicht wahr?", woraufhin ich laut wurde und brüllte: „Das ist mir zu privat! Was fragst du mich so was?" Offensichtlich war Stefan pervers, daran gab es keinen Zweifel.

Wir schliefen trotzdem miteinander, weil die Geschichte anders blöd gewesen wäre und ich ungern blöde Geschichten erzähle. Leider wurde die Romantik etwas getrübt, da ich mit plötzlicher Erotik nicht gerechnet hatte und meine Beine ein wenig so aussahen wie ein Tier namens Alfons. Oder eben Rudi, mein Angora-Meerschweinchen. Vor dem Unfall.

Nichtsdestotrotz kam es zum Äußersten und als ich schließlich in Stefans schwitzigen Armen lag und meinen Blick durch sein mir dank langer Arbeitsstunden längst vertrautes Jugendzimmer streifen ließ, sah ich auf dem Schreibtisch die Webcam zufrieden blinken. Ich dachte an die Kollegen im Büro und wollte nicht unhöflich sein. Also winkte ich kurz.

Später saßen wir zusammen und aßen Nudelsalat mit Frikadellen. Ich dachte darüber nach, was ich machen würde mit meinem Leben. Vielleicht in die Politik gehen, dachte ich. Das wäre doch was. Stefan popelte leise. Der Nudelsalat schmeckte gut und ich nahm mir noch eine Portion.

IGOR

„Raaaaaaaahaaaalf!" Irmgard Schlobinski war offenkundig in Panik. „Raaalf, wo steckst du?" Ralf steckte zwischen den Seiten der Tageszeitung und ahnte nichts von den Geschehnissen im Schlafzimmer. „RAAALF!" Er kämpfte sich mühsam aus dem Ohrensessel, den er die letzte Stunde mit einiger Sorgfalt warm gesessen hatte, und pantoffelte hinüber zur kreischenden Ehegattin. „Da ist eine Spinne, Ralf." Irmgard dokumentierte das Geschehen wie ein geschulter Stadionsprecher. „Da ist eine dicke, fette Spinne, direkt unter der Heizung!" Und sie sagte es so, als wäre es eine besondere Unart, dass sich die Spinne ausgerechnet unter der Heizung und nicht auf, neben oder über ihr befand. Ralf räusperte sich, wie er es immer tat, wenn er um Fassung rang, auch wenn es nur schwerlich seine Verlegenheit kaschierte. „Irmgard", sagte er dann. „Ich sehe sie nicht." Irmgard verlor die Nerven. „Ralf!" Ihre Stimme überschlug sich. „Wie kannst du die Spinne nicht sehen? Sie ist doch so groß wie meine Faust!" Mit eben dieser fuchtelte Irmgard derweil energisch in Ralfs Gesicht herum, sodass der ebenfalls in Aufruhr geriet. „Irmgard", verlangte er streng. „Irmgard, beruhige dich." Irmgard beruhigte sich nicht und kletterte stattdessen auf einen herbeigeholten Stuhl, um von dort weiter auf ihren Mann einzubrüllen. Während sich über ihm Irmgards orchestralisches Geschrei auftürmte, ging Ralf pflichtbewusst auf die Knie, um einen Blick unter besagte Heizung zu werfen.

Igor stellte sich tot. Er wagte es nicht mal zu atmen oder zu blinzeln, obwohl seine acht Augen bereits bedrohlich brannten. Alles in ihm brüllte: „Ein Mensch! Ein Mensch!" Alles vor ihm brüllte: „Eine Spinne! Eine Spinne!" Dann war ein zweiter, größerer Mensch hinzugekommen und man hatte böse Worte und Blicke nach ihm geworfen. Der plötzliche Aufruhr machte Igor nervös. Seine dürren Beinchen zitterten vor Angst und irgendwo zwischen den Windungen des Heizkörpers musste er seinen Schuh verloren haben. Ausgerechnet einen seiner Lieblingsschuhe, die er sonst nur feiertags zu tragen pflegte, aber heute Morgen angezogen hatte, weil ihm sehr feierlich zumute gewesen war. Grundlos. Jetzt leuchteten seine roten Schuhe sehr eindrucksvoll auf weißem Grund und Igor fürchtete, dass dies die Erklärung dafür war, dass man ihn so plötzlich entdeckt hatte.

Ralf hätte nicht mit aller Gewissheit sagen können, ob es tatsächlich eine Spinne war, die da unter der Heizung hing, oder nur ein Fussel von Irmgards Wollsocken. Irgend etwas leuchtete rot. Bevor er sich festlegen musste, sagte er einfach: „Oha." Irmgard fühlte sich in ihrer Panik bestätigt und drangsalierte ihren Mann mit forschen Fragen. „Raaalf, was macht die Spinne da? Wo kommt die her?" Ralf zuckte ratlos mit den Schultern. Er hatte keine Ahnung.

Die Spinne kam ursprünglich aus Polen. Dort hatte Igor ein paar Jahre im Netz seiner russischen Mutter gehangen, bevor ihn ein später Herbststurm im Frühjahr '87 fortgetragen und schließlich in Unterbach vom Himmel geworfen hatte. Anfang der 90er Jahre hatte er hier Spinnen-Uschi kennen gelernt, die tatsächlich Spinnen-Uschi hieß, obwohl es keinen Sinn machte. Die beiden hatten sich verliebt und Spinnen-Uschi beschloss, ihren Mann nicht zu essen, denn sie war Vegetarierin. Inzwischen hatten sie bestimmt ein paar Tausend Kinder gemacht und sich dadurch hoch verschuldet. Jetzt arbeitete Igor schon seit einigen Sommern als Hausmeister bei den Schlobinskis, um für seine Familie sorgen zu können. Er schob hier und da ein paar Wollmäuse vor sich her und fing die garstigen Mücken und Fliegen, die sich in die Wohnung schmuggelten, um dort in Schlobinskis Bett zu kacken oder von ihrem Blut zu trinken. Zweifellos stand Igor auf der guten Seite und das machte ihn stolz.

„Ich werde den Staubsauger holen", verkündete Ralf. Diesen Satz hatte Irmgard von ihrem Ehemann selten gehört. „Vielleicht noch nie", dachte sie, und sie bemerkte mit einiger Erregung, dass Ralfs Tatendrang ihr imponierte. Aus dem Flur drangen Geräusche, die so nur ein Grobmotoriker mit schwerem Gerät verursachen konnte, und Irmgard hatte keinen Zweifel daran, dass es sich dabei um Ralf handeln musste. Ralf war nämlich ausgesprochen ungeschickt und als sie ihn laut fluchen hörte, freute Irmgard sich heimlich.

Spinnen-Uschi warf einen besorgten Blick auf ihre Kürbissuppe, die bereits seit einigen Stunden kochte und langsam sämig wurde. Wo blieb Igor nur? Unpünktlichkeit war nicht seine Art, das kannte Spinnen-Uschi nicht von ihm. „Wo bleibt Papa?", fragte Michel, der jüngste Spross der beiden, und Spinnen-Uschi hätte ihm diese Frage nur zu gerne beantwortet. „Papa hat sicher einen guten Grund, warum er heute zu spät ist", erwiderte sie und wünschte sich stumm, dass sie damit recht hatte. „Fünf Minuten noch", dachte Spinnen-Uschi, die sehr eifersüchtig war. „Dann schaue ich nach, wo Igor bleibt!"

Igor hatte zwar acht Augen, aber keines davon sah besonders scharf. Den verschwommenen Umrissen vor ihm entnahm er, dass der Hausherr soeben einen Elefanten ins Zimmer geholt hatte, den es nun zu bändigen galt. Offensichtlich hing an dem Elefanten eine lange Schnur, die sich frech um die Beine seines Halters schlang, sodass dieser ins Straucheln geriet und der Länge nach hinschlug. Der wilde Kampf belustigte Igor und er entspannte sich ein wenig, denn offenkundig ging weder von dem Menschen, noch von dem Elefanten eine größere Gefahr aus. Schließlich gewann der Mann den Kampf und gab dem Elefanten einen letzten Tritt, woraufhin dieser aufbrüllte, wie ein hungriges Monster. Igor zuckte zusammen. Das heulende Geräusch ging ihm durch Mark und Beine. Dann registrierte er in großer Angst, wie der Elefant sich zu ihm drehte und drohend näher kam. Er streckte seinen Rüssel aus, um an Igor zu riechen. Ein großes schwarzes Loch zerrte an dem kleinen Spinnenmann. Schließlich lösten sich Igors Beine samt Schuhwerk von der Tapete und wurden vom Sauger geschluckt.

„Endlich", kommentierte Irmgard die Geschehnisse. Sie war nur knapp einem schmerzhaften Tod entkommen. Ralf, der augenscheinlich nicht um die Gefahr wusste, die von der kleinen Spinne ausgegangen war, zeigte sich weniger begeistert und entschwand wieder hinüber in seinen Ohrensessel, um weiter in der Zeitung zu stöbern. Irmgard, die aus bloßem Trotz oder einfach weil sie nicht zugeben wollte, dass sie es alleine nicht fertigbrachte, den Stuhl wieder zu verlassen, weiter in der Mitte des Raumes ausharrte, klopfte sich ihr Kostüm sauber und kratzte ihre juckende Nase. Sie gab besonders Acht darauf, ihre Arme nicht zu heben, denn sie fühlte sich schwitzig, und es ziemte sich nicht für eine feine Dame, die feuchten Achseln zu präsentieren, selbst dann nicht, wenn niemand im Raum war, der das hätte bemerken können.

Spinnen-Uschi, die durch das halb geöffnete Schlafzimmerfenster alles mit angesehen hatte, zitterte vor Wut. Ihr Körper schwoll zu einer beträchtlichen Größe an, und das obschon Spinnen-Uschi von Natur aus bereits von kräftiger Statur war. Sie kam durch das Fenster herein, um sich hinterrücks auf Irmgard zu stürzen, die gerade einen prüfenden Blick unter ihre Arme warf und mit Zufriedenheit feststellte, dass das Deodorant seine Wirkung nicht verfehlt hatte. Im nächsten Augenblick stülpte sich die Spinnen-Uschi von oben über Irmgards Schädel, um sie im Ganzen zu verspeisen. Da Irmgard allerdings nicht nur eine Menge Goldschmuck bei sich trug, der in Spinnen-Uschis Rachen unangenehm klapperte, sondern auch eine gewaltige Fettschürze unter dem Kostüm versteckte, erlag die Spinne schließlich ihrer Nahrung und platzte geräuschvoll auf.

Ralf bemerkte von all dem nichts und als er abends ins Schlafzimmer kam, war er überrascht, anstelle seiner Frau einen haarigen Spinnenwanst zu finden, der Irmgards Kostüm trug und ihn entfernt an seine Schwiegermutter erinnerte. Er betrachtete die Schweinerei mit einigem Missbehagen und holte schließlich den Staubsauger, um das Chaos zu beseitigen. Und als er das Gerät so sah, wie es durch das Zimmer fegte, musste er grinsen, denn es sah ein wenig aus wie ein betrunkener Elefant.

OHNE MICH

Ich stehe mir oft selbst im Weg. Manchmal liege oder sitze ich mir auch im Weg. Das ist sehr ärgerlich, denn sitzende oder liegende Menschen kann man nur schlecht zur Seite schubsen. Ich habe es versucht, aber es ist vergeblich: Ich werde mich einfach nicht los.

Meistens bin ich schon vor mir wach und warte dann in der Küche auf mich, wo ich von Zukunftsangst und Schwermut rede. „Die Welt ist im Arsch", höre ich mich leise seufzen. Dabei vergrabe ich den Kopf zwischen meinen Handflächen, ganz so als würde ich Suppe aus ihnen schlürfen. Nur eben andersherum. Eben noch habe ich mir den Mittelfinger an der Zeitung geschnitten und ein wenig auf das Feuilleton geblutet. Jetzt zieht der Finger eine rote Linie auf meiner gerunzelten Stirn, als wolle er die Sorgenfalten dort ungeschickt zensieren. „Es geht zu Ende mit uns!" Ich würde mir gerne widersprechen, doch es fehlt an Argumenten. Es fehlt ständig an Argumenten. Ich bin immer gegen mich, und meistens habe ich recht.

Ich sehe mir stumm dabei zu, wie ich aus dem Sportteil der Zeitung ein Schiffchen falte, um es in meinem Gedankenstrom zu ertränken. Es versinkt zwischen dem sonoren Brummen der Vokale, die sich in meinem Kopf zu traurigen Liedern türmen. Auf der anderen Seite des Tisches lehne ich über dem Kreuzworträtsel, sitze da in stillschweigendem Unwissen und male wahllos Buchstaben in leere Kästchenformationen. Es liest sich wie mein Lebenslauf, so fehlerhaft und unvollkommen. Ein Leben hinter trüb gewordener Klarsichtfolie. Klar sehen kann ich schon lange nicht mehr. „Ich weiß nicht weiter", erkläre ich dann. „Was soll ich nur machen mit all dem angebrochenen Leben?" Die rote Linie auf meiner Stirn malt eine Abwärtskurve.

In der Dusche sehe ich mich im Augenwinkel Fingernägel kauen. Katzengleich sitze ich im Wäschekorb, hocke dort und schnaufe leise, ganz außer Atem, wie nach einer langen Wanderung oder zu viel Frühsport. Dabei bin ich nur erschöpft vom Leben. „Guck nicht so!", rufe ich mir zu, aber mein Blick bleibt starr, klebt wie blumige Tapete an meiner nackten Haut, wo er zwischen kleinen Härchen Netze spinnt, die mich gefangen halten. Ich ignoriere mich, so gut es eben geht.

Ich fühle mich oft einsam, obwohl ich ja immer da bin. In der Stille höre ich meine Gedanken hallen, wie Schritte unter einer hohen Decke. Manchmal erschrecke ich vor mir, wie ein Kind vor einem bösen Film. Ich würde mich gerne abstellen, aber mein Kopfkino pocht weiter unermüdlich gegen die poröse Schläfe.

Manchmal glaube ich, mein Leben wäre ohne mich viel einfacher. Ohne diesen Kopf, der ständig schmerzt. Ohne diesen unruhigen Geist, der zwischen meinen Ohren tanzt und mich nicht schlafen lässt. Ohne diesen morgendlichen Mundgeruch, der all die nächtlichen Ängste und Sorgen in grellen Fontänen ans Tageslicht wirft. Wenn ich mich nur abreißen könnte. Abreißen, wie ein altes Kinderpflaster, an dem Blut und bunte Fusseln kleben – mit einem kräftigen Ruck, sodass es kurz schmerzt und dann vergessen ist. Und dort, wo einst das Pflaster saß, ist etwas Neues entstanden. Dort wäre auf wundersame Weise mein altes Leben verschwunden, einfach fort. Eine hässliche Wunde, aus der ich entwichen bin, wie die Luft aus einer müden Hüpfburg.

Ein Künstler müsste man sein. Alles, was ich bräuchte, wäre eine Kunst, um mich auszudrücken. Wie einen Pickel. Wie einen lästigen Mitesser, der forsch auf meiner Nase sitzt und von schneeigen Berggipfeln redet. Wenn ich mich nur ausdrücken könnte, dann wäre ich fort.

Ich stehe nicht auf meiner Seite. Nie. Wie zwei Buchseiten, die bei jedem Blättern gegeneinander schlagen, schlägt mir mein eigener Gegenwind scharf ins Gesicht. „Was redest du da? Was soll das?" Ich falle mir ständig selbst ins Wort, in den Satz, in die Sprache. Anstatt einen Punkt zu setzen, setze ich drei, die in jeder Rundung tausend Möglichkeiten zum Missverständnis bergen. Als würden meine Worte rückwärts laufen, damit sich jeder Satz zum Schluss nur selbst negiert und ich bei all dem fraglos Lauten das fragvoll Stille nicht verschweige. Selbst an Supermarktkassen bröselt mir der Zweifel aus allen Poren. Er fällt zwischen Tiefkühlkost und Dosenbier auf dunkelschwarze Bänder, ohne Etikettierung oder Kilopreis. Auf dem Heimweg liegt er schwer in meinen Einkaufstaschen und zerrt mir an den Armen, die schon viel zu lange viel zu tief an meiner Seite hängen.

Manchmal verleugne ich mich am Telefon. Wenn es klingelt nehme ich oft schon vor mir ab, nur um mit all verbalem Übermut von meiner Abwesenheit zu künden. „Ich bin nicht da!", sage ich dann. „Ich bin heute nicht da." Dabei bin ich doch viel zu präsent, liege herum und skizziere mein Leben auf bunten Klebezetteln. Zwischen Randnotizen und Füllwörtern weisen schwammige Linien stolz auf übermorgen, in Erwartung großer Heldentaten. Übermorgen ist immer zwei Tage weit entfernt. Immer.

„Es ist zu spät." Die Wanduhr zeigt Viertel vor fünf. „Jetzt lässt sich nichts mehr ändern." Als wäre der Tag eine alte Milchtüte, die nur noch Klumpen spuckt. Alles was kann und wird, verschiebe ich auf Morgen oder den Tag danach oder das Leben danach. In watteweicher Lethargie liegt es sich bequem.

Ich würde lieber hinter mir stehen, als vor mir. Doch ich stehe mir oft selbst im Weg. Manchmal liege oder sitze ich mir auch im Weg. Dagegen hilft nicht viel. Aber ich schätze, wenn ich mich ab und an dazustellen, -legen oder -setzen würde, um für einen Moment ganz bei mir zu sein, dann wäre das gar nicht so verkehrt.

HÜGÜNE

Ich roch auffallend stark unter dem linken Arm. Der Schweißfleck hatte sich in mein weißes Ramones-T-Shirt gefressen und dort eine gelbe Insel hinterlassen, die in der Sonne kristallin funkelte. Das faszinierte mich, und in der festen Annahme, dass das auch andere Menschen faszinieren könnte, hob ich meinen linken Arm heute besonders häufig. Irgendwann nahm Pamela Notiz davon und entrüstete sich über meine fehlende Körperhügüne. Sie sagte wirklich „Hügüne", als handele es sich dabei um eine türkische Nachspeise mit extra viel Honig. Ich äffte sie ein wenig nach und bestellte dann einen Döner bei ihr. Anstelle einer Antwort nahm Pamela ein stumpfes Brotmesser und schlug es zwischen meinen Ring- und Mittelfinger zentimetertief in den Tisch. „Wiebke", sagte sie. Und ich mochte es durchaus nicht, wenn Menschen mich so dezidiert mit meinem Vornamen ansprechen. „Wiebke, du tust dir noch mal richtig weh!" Ich fragte mich, ob das eine Drohung oder eine Prophezeiung war. Außerdem fragte ich mich, was sie mit „richtig weh tun" meinte, denn ich hatte mir in meinem ganzen Leben nur einmal richtig weh getan und das war, als ich in der vierten Klasse aus dem Kettenkarussel gefallen war, und die Wahrscheinlichkeit, dass Pamela mich in ein Kettenkarussel bekäme, aus dem ich dann auch noch herausfallen sollte, war doch eher gering. Ich unterrichtete sie darüber und hob dabei meinen linken Arm in der Hoffnung, dass sie an meinem kleinen Schweißjuwel doch noch Gefallen finden würde. Zu meiner Enttäuschung tat sie das nicht.

Pamela war schon immer komisch. Nicht das lustige „komisch", sondern das andere „komisch", das komische „komisch" quasi, das ein bisschen merkwürdig ist und immer bei den doofen Adjektiven steht. Pamela war nicht nur ein doofes Adjektiv, sie war auch ein doofes Nomen. Sowohl ihr Name als auch ihr fleischliches Pendant zeugten von einer senilen Biederkeit, die sie automatisch vierzig Jahre älter machte, sodass ihre Wörter häufig faltig klangen und alles, was sie tat, ein wenig nach Inkontinenz roch. Nichts gegen Inkontinenz, das passiert schon mal, aber Pamelas Inkontinenz war verbaler Natur und konnte nicht mit Windeln aufgefangen werden. Das weiß ich, weil ich es versucht habe. Einmal hatte Pamela sich beschwert, weil ich um 2 Uhr nachts noch Blockflöte üben wollte, und da habe ich sie mit extra großen Slipeinlagen beworfen, den blumigen mit Flügeln. Wie flauschige Schmetterlinge sind sie durch die Luft gesegelt und haben Pamela im Gesicht getroffen. Pamela konnte sicher nicht behaupten, dass das schmerzhaft war – vermutlich war es seit langer Zeit sogar das erste Mal, dass sie ein wenig körperliche Zärtlichkeit erfuhr – und doch geriet sie

in Rage, was für Außenstehende sehr lustig aus-
gesehen haben musste. Ich hingegen hatte große
Angst, denn wenn Pamela in Rage gerät, droht
sie mir oft mit dem lieben Gott, und das ist doch
ein wenig unfair. Bisher hat der liebe Gott mich
allerdings noch nicht bestraft, und deswegen ist
Pamela vermutlich häufig so unzufrieden, denn
scheinbar steht er auf meiner Seite, der Gott, und
das macht mich zusätzlich unbeliebt.

Pamela und ich wohnen schon überraschend
lange zusammen und kennen uns daher ziemlich
gut. Ehrlicherweise muss man sagen, dass ich sie
ein wenig besser kenne, weil ich schon ein paar
mal ins Bad gestolpert bin, als Pamela gerade am
Kacken war. Das war nur bedingt meine Schuld,
denn sie hätte mich rechtzeitig über ihre Pläne in-
formieren können, dann hätte ich die Badezimm-
mertür sicher nicht so schwungvoll aufgerissen.
Stattdessen tat Pamela alles Wichtige stets in großer Heimlichkeit. Ihre Intimsphäre ist ihr heilig,
was schon mal ungünstig ist, wo wir ja wissen,
dass der liebe Gott auf meiner Seite steht. Wegen
ihrer lieben Privatsphäre meidet Pamela auch das
Internet und achtet peinlich genau darauf, dass
keine Bilder von ihr ins Netz geraten. Als ob das
jemand wollen würde, mal ehrlich. Weil sie nicht
bei Facebook ist, weiß sie aber nicht, dass ich so
viel über sie poste. Zum Beispiel gestern erst, als
ich schrieb „Pamela hat ihre Tage" - was absolut
okay ist, schließlich hat sie mir selbst davon er-

zählt. Sie kam in mein Zimmer gerannt, sehr aufgeregt, und fragte nach einem Tampon, den ich ihr gerne feierlich überreicht hätte, hätte – und Pamela würde sagen: „Hätte, hätte – Fahrradkette!" – ich einen gehabt. Dafür bot ich ihr eine fachmännische Anleitung (zwei Stücke Klopapier, etwas Küchengarn) zum Selberbasteln, was sie mit einigem Undank quittierte. Daraufhin erzählte ich Pamela von den Frauen im Mittelalter, die einfach alles vollgeblutet haben, weil das nun mal so war, denn damals gab es keine freundlichen Tamponverkäufer und auch sonst nichts Flauschiges für untenrum. Das tröstete Pamela erschreckend wenig und seitdem hatten wir eine Weile nicht mehr geredet. Dafür interessierten sich erstaunlich viele Menschen bei Facebook für Pamelas Zyklus. Schade, dass sie davon gar nichts mitbekam.

Immerhin verstand Pamela eine Menge von Hügüne. „Wiebke", sagte sie einmal. „Wiebke, wie stehst du eigentlich so zum Duschen?" Eine wohl kaum ernst gemeinte Frage, denn ich wüsste nicht, was es Pamela angeht, wie ich unter der Dusche stehe. Dennoch tat ich ihr den Gefallen und habe es einmal choreografisch für sie nachempfunden, wobei ich wieder die erfreuliche Gelegenheit hatte, ihr meinen gelben Schweißfleck zu präsentieren. „Wie du zum Duschen stehst, nicht wie du unter der Dusche stehst!", blökte Pamela, und es trafen mich ein paar Spuckefetzen an der Schläfe. „Ich find's okay", gab ich mich transparent. „Dann tu das ruhig mal öfter", bekräftigte Pamela mich. Ich dankte für ihren Zuspruch und schenkte ihr zum Abschied ein paar Diddl-Maus-Sticker, denn Pamela wirkte auf mich wie ein Mensch, der sich über Diddl-Maus-Sticker freute. Sie tat es nicht.

Einmal legte ich Pamela ein Tarot aus Pokémon-Karten, um ihr besonders blümerant mitzuteilen, dass es Zeit für einen Auszug sei. „Du Pamela, das ist das Bisasam. Schlechte Nachrichten, du stehst vor einer großen räumlichen Veränderung." Pamela schaute mich fragend an. Ich nickte bestätigend und schloss dabei theatralisch die Augen. Als ich sie wieder öffnete, strich Pamela die Küche neu.

Manchmal brachte Pamela einen sehr alten Mann mit nach Hause, den sie dann neben sich auf die Couch setzte, um mit ihm zum Tatort zu kuscheln. Ich fand das reichlich abstoßend und ließ keine Gelegenheit aus, ihr das in freundlichen Worten mitzuteilen. „Ekelhaft!", rief ich einmal, als die beiden kopfüber in eine heftige Knutscherei gerieten, die so gar nicht zu Pamela und ihrer Seidenbluse passen wollte. „Ekelhaft!" Die beiden setzten ihr Tun unbeirrt fort und ich beschloss ein wenig zu schmollen, denn das schien mir die passende Reaktion auf so einen Anblick.

Später kam Pamela dann in mein Zimmer und setzte sich zu mir. „Wiebke", sagte sie da. „Ich bin deine Mutter, ich habe das Gefühl, das vergisst du manchmal."

Und da hatte sie wohl recht.

DER TOD

Der Tod lachte laut und dreckig. So etwas Däm-
liches hatte er noch nicht gesehen. Anscheinend
hatte ich beim Fußnägelschneiden das Gleich-
gewicht verloren und war bei dem unglückli-
chen Versuch, meinen Sturz mit dem Gesicht
aufzufangen, tragisch verstorben. Jetzt bohrte
sich eine Scherenhälfte zentimetertief in meinen
linken Augapfel und lenkte angenehm von meiner Nacktheit ab. „Hätte ich das gewusst, hätte
ich mir etwas angezogen", entschuldigte ich den
Umstand. Das amüsierte den Tod offensichtlich.
„Haha", grölte er. Und sein kehliges Lachen erinnerte mich an Rüdiger, den alten Schäferhund
meines Großvaters. „Rüdiger?", fragte ich. Und
zweifelsohne wäre ich erschrocken gewesen, zu
erfahren, dass es sich beim Tod tatsächlich um
Rüdiger handelte, doch ich irrte mich. „Tamara",
erwiderte dieser und reichte mir eine Hand, die
entgegen der gängigen Vorurteile sehr freundlich war und ein wenig zwischen meinen tauben
Fingern kitzelte. Der Tod gluckste freudig und
übergab mir schließlich einen Brauselolli, den er
scheinbar schon einige Zeit mit sich führte, weil
an ihm trockene Spucke klebte und er nach altem
Pinguin roch. Prüfend führte ich meine Zunge an
das Zuckerwerk und stieß dabei unglücklich mit
der Hinterhand an die Nagelschere, sodass diese
mitsamt dem aufgespießten Augapfel zu Boden

fiel und einige Ferkelei anrichtete. „Hoppla“, honorierte der Tod meine Tollpatschigkeit. Mein Mund füllte sich mit fröhlicher Colabrause. Da mir die Welt aus einäugiger Perspektive weniger dreidimensional vorkam, war ich froh um diesen neuen Sinneseindruck und bedankte mich artig für das unverhoffte Geschenk. Nun, da ich tot war und mein Küchenkalender von einer nicht vorhandenen Zukunft log, ja mein ganzes Leben in seiner trivialen Gestalt entblößt dalag, fühlte ich eine merkwürdige Erleichterung in mir.

„Bock zu saufen?“, fragte der Tod. Ich nickte bedächtig.

Wir kauften am Büdchen zehn Hansa Pils, wovon der Tod vier Flaschen ungeöffnet trank und zwei nach einem urinierenden Pudel warf. Dann trank er auch den Pudel. Mir gelang es sehr ritterlich, den Kronkorken an meiner Augenhöhle vom Flaschenhals zu trennen, und ich erkannte die ersten Vorteile meiner neuen körperlichen Verfassung. Dafür missglückte mein Versuch, dem Tod neckisch zuzuzwinkern, dramatisch. „Ich mag dich“, stellte der Tod dennoch fest. „Du hast Humor!“ Offensichtlich traf er nicht viele gut gelaunte Menschen. „Ich habe die Schnauze voll“, gab er schließlich zu. „Der Tod macht keinen Spaß!“ „Das Leben auch nicht immer“, sagte ich.

Später saßen wir im Stadtpark und warfen Enten nach Brot. Mit Verzückung beobachteten wir den letzten Flug des erkalteten Federviehs und grunzten freudig, als ihre Leiber zwischen dem Weißbrot auf den Boden dotzten und von dort die Böschung hinab in den See kugelten. Viele lustige Entenfüße schwommen wie orangene Bojen an der trüben Wasseroberfläche. Dazwischen schlängelte sich ein majestätischer Schwan, der uns Blicke der Verachtung schenkte. „Ich habe Angst vor Schwänen", sagte der Tod. Und das schien mir nur logisch. Schwäne sind ziemlich unwirsche Kerle, getarnt in fedriger Unschuld. Ein bisschen wie Angela Merkel.

Derweil strickte der Tod mir eine modische Augenklappe aus Pudelresten. „Kein Tod ist umsonst", dokumentierte er seine Arbeit. Ich äußerte den Verdacht, dass der Tod die Synchronstimme von Bruce Willis sei, aber er lächelte nur wissend. „Hier", sagte er schließlich und reichte mir die plüschige Augenklappe. „Für dich." Dann schwiegen wir eine Weile und dachten über das Leben nach. Wobei es für den Tod sicher komisch war, an das Leben zu denken, denn er hatte ja nicht viel Ahnung davon. Die Pudelwolle kitzelte ein wenig in meiner Nase. Schließlich räusperte sich der Tod und nahm das Gespräch wieder auf. „Und dann die ganzen Leute, die mich hinten mit T schreiben. Tot, als wäre ich ein Adjektiv! Frechheit." Ich stellte mir vor, wie mich jemand mit einem Adjektiv belegen würde. Einmal hatte mich ein Junge „schön" genannt, aber da waren wir betrunken und es gab keine Zeugen. „Tot" wäre das erste Adjektiv, was mit aller Sicherheit auf mich zuträfe. „Wie ist das denn so, tot zu sein?", fragte der Tod. „Komisch", erwiderte ich. Und er freute sich, als hätte ich einen Witz gemacht, den nur ein sehr kluger Mensch verstehen kann. Dann verschluckte er sich an seinem Bier und hustete dunkle Spuckefetzen in den Sonnenuntergang. Schließlich fand er seine Sprache wieder. „Aber der Tod macht einsam", gab er zu. Fürwahr, er schien mir nicht der geselligste Zeitgenosse und das stimmte mich seltsam traurig. „Ich weiß gar nicht, warum ich so einen schlechten Ruf habe", nuschelte er. „Im Gegensatz zum Leben halte ich all meine Versprechen." Da hatte er recht.

„Tust du mir einen Gefallen", fragte der Tod dann. „Und schreibst mir in mein Poesiealbum?" Erstaunt nahm ich das ledrige Buch entgegen, das er mir reichte. Zwischen leeren Linien hatte jemand mit roter Schrift Worte gemalt: *Name, Todesdatum, Lieblingswetter, Lieblingsuhrzeit* ... „Ich war nicht besonders kreativ", gestand er ein und kicherte debil. Ich nickte. „Du wärst die Erste, die etwas reinschreibt." Er war nervös wie ein Kleinkind vor der Einschulung. Ich tat ihm den Gefallen und ließ mir einen Buntstift reichen. In großen Druckbuchstaben zeichnete ich meinen Namen auf die erste Linie. „Was ist heute für ein Tag?", wollte ich wissen. „Montag",

erwiderte der Tod. „Das Datum, meine ich." Er
zuckte mit den Schultern. „Keine Ahnung." Ich
überlegte, doch ich kam nicht drauf. „Herbst"
schrieb ich schließlich, denn eben war noch Sommer gewesen und plötzlich fröstelte ich an den
Füßen. „Ich mag den Herbst", sagte der Tod.
Und weil ich ihm eine Freude machen wollte,
malte ich ein Herzchen an das Wort.

Ich schrieb bis, der Buntstift stumpf wurde,
und malte hier und da etwas Konfetti in die Sei-
tenecken, denn davon kann man nie genug haben. Schließlich klappte ich das Poesiealbum zu
und reichte es dem Tod. Er machte aus seiner
Neugier keinen Hehl und riss es sofort wieder
auf, um zwischen meinen Worten zu stöbern.
„Mein Lieblingswetter", rezitierte er mich feierlich. „Sonnenschein." Er wirkte enttäuscht.
„Naja, warum nicht." Seine Hand langte auf eine
Zeichnung in der Seitenmitte. „Wer ist das?" Zugegebenermaßen war ich wenig begabt im Bil-
dermalen. Ich wies mit dem Zeigefinger auf die
eine Hälfte. „Das bin ich." Dann auf die andere.
„Und das bist du." Er schwieg eine Weile und
zog mit seinem morschen Fingernagel die Linien
nach. „Ich bin sehr hübsch", befand er dann und
es machte ihn glücklich. Wir saßen weiter still
da, während er vorsichtig über die ausgefüllten
Buchseiten strich. „Danke", sagte er schließlich.
„Ich habe mich lange nicht mehr so lebendig gefühlt!" Er kicherte und nahm mich herzlich in

den Arm. Ich zerbröselte sofort, denn eine Um-
armung mit dem Tod ist keine gute Idee.

CRANGER KIRMES

Du gabst mir im Riesenrad
den riesen Rat,
ich selbst zu sein.
Du hattest recht,
mir wurde schlecht
und in der nächsten Runde
stieg ich aus.

NINJA

Trotz ihrer 87 Jahre war Hiltrud Rummsbüt-
tel ein Ninja-Krieger. Trotz oder wegen ihrer
87 Jahre. Denn für Hiltrud war das kein Wi-
derspruch, im Gegenteil. Sie war überzeugt davon, dass jeder Mensch eines Tages in ein Alter
kommt, in dem ihm nichts anderes mehr übrig
bleibt. Wenn das Buch des Lebens langsam aus-
dünnt, ist es Zeit für die großen Pointen. Das war
Hiltruds Pointe. Viele ihrer Bekannten waren zu
Gespenstern geworden, Hiltrud war ein Ninja.

Es war einer dieser Sommertage, an denen
Hiltrud die langen Nachmittagsstunden lieber
vor dem Fernseher zubrachte, als sich draußen
im Hof mit ihren Mitbewohnern um Strickna-
deln und Webrahmen zu streiten. Sie hielt nichts
von den plüschigen Freizeitbeschäftigungen
der alten Damen, scherte sich nicht um schöne
Blumen und Pfefferminztee mit Apfelkuchen.
Manchmal kam jemand, der sich mit ihr ver-
wandt wähnte, und brachte ein paar Tulpen. Das
verärgerte Hiltrud. Nicht etwa, weil der lieblo-
se Strauß zuvor in Tankstellenwasser gestanden
hatte und sie sich dadurch gekränkt fühlte, sondern weil sie Blumen nicht mochte. Weniger die
Blumen selbst als vielmehr die Tatsache, dass
diese so schnell verwelkten. Sie brauchte keine
Pflanzen, um sich der Vergänglichkeit des Lebens zu erinnern. Sie hatte einen Spiegel, und in

eben jenem konnte sie Tag für Tag ihren eigenen Körper welken sehen. Dabei bewiesen die langen Fotostrecken an Hiltruds Raufasertapete, dass sie nie wirklich blumig gewesen war. Schon in ihrer Jugend hatte sie mit einer unerfreulichen Hässlichkeit zu kämpfen gehabt. Es gab kaum jemanden, der sich an ihrer Gegenwart erfreute. Inzwischen hätte manch einer die vielen Falten, die ihr das Leben ins Gesicht gezeichnet hatte, als Verbesserung gewertet. Doch all das war nun egal. Hiltrud war weder schön, noch hässlich. Sie war keine Frau mehr, kein alter Mensch. Hiltrud war ein Ninja-Krieger.

Die Erkenntnis hatte Hiltrud getroffen wie ein Schlag. Hiltrud wusste, wovon sie sprach, denn in ihrem Leben hatten sie viele Schläge getroffen, erst die ihres Vaters und später die ihres Mannes. Einmal hatte ihr die Vertriebsleiterin auf der Weihnachtsfeier mit dem Ellenbogen das Nasenbein zertrümmert, aber das war keine Absicht gewesen, wie sich später herausstellte. Ähnlich heftig erlag Hiltrud nun der Erkenntnis, dass sie im letzten Abendrot ihres Lebens noch einmal neu geboren wurde. Sie hatte eben ihren 82. Geburtstag gefeiert und anlässlich dieser Festlichkeit einige Karten erhalten, die schwer wogen vor guten Worten und Wünschen, da fiel ihr ein selbst gemaltes Bild von ihrem Enkel Noah in die Hände. Offensichtlich hatte Noah keine Buntstifte und auch sonst kein fröhliches Gemüt, denn die Bleistiftzeichnung erinnerte stark an ein altes Schwarzweißfoto aus der Nachkriegszeit. Unter düsteren Buchstaben (und Hiltrud war so optimistisch anzunehmen, dass das Wort ‚Ursk' für ‚Oma' stand) hüpfte eine dunkle Gestalt mit deformiertem Kopf durchs Bild, deren schwulstigem Körper ein Paar grober Schlangenarme entwuchsen, die sich kämpferisch über das Papier streckten. „Ein Ninja-Krieger", dachte Hiltrud da und entsann sich ihres letzten Fernsehnachmittags, als ein Spartensender einen Ninja-Film gezeigt hatte. Später erfuhr Hiltrud dann, dass Noah einen Dinosaurier beim Blümchenpflücken zeichnen wollte, aber sie verstand genug von Kunst, um zu wissen, dass das eine Lüge war. Tatsächlich malte Hiltrud gerne, sie liebte Stillleben, Bilder von all den Dingen, die sie mit Farbe auf Leinwand konservieren konnte und so vor dem Tod bewahrte. Ein bloßes Foto konnte das nicht leisten, sie glaubte ja selbst kaum an die Bilder an ihrer Wand. Hiltrud gab nur Zeugnis von dem, was sie mit ihren eigenen Händen neu schuf. Sie malte Äpfel, Bananen, ein Stück Fleischwurst und sogar Blumen.

Seit Hiltrud vor sechs Jahren in das Seniorenheim gezogen war, welches ihr Sohn im Internet unter den Stichworten „Seniorenheim" und „billig" gefunden hatte, war sie unsichtbar. Es war ihr erst gar nicht wirklich aufgefallen, zu neu war die Situation und zu fremd roch das Bett an der

Rückwand des Zimmers mit der Nummer 14. Erst, als nach einigen Wochen so etwas wie Normalität eingekehrt war, entdeckte Hiltrud, dass sie nicht mehr da war. Manchmal verbrachte sie ganze Tage in ihrem Zimmer, ohne dass jemand mit ihr sprach oder ihre Existenz bemerkte. Das Senioren-Mobiltelefon, welches sie jeden Abend gewissenhaft an das Netzteil anschloss, blieb die meiste Zeit still. Bis auf zwei, drei Kurzmitteilungen von ihrem Mobilfunkanbieter und einem Weckruf, den sie beim Versuch, ihren Sohn zu erreichen, aus Versehen gestellt haben musste, tat sich nichts. Manchmal klopfe es an der Tür und noch ehe Hiltrud „Herein" rufen konnte, kam jemand herein und brachte Essen oder frische Wäsche. Jedes Mal war sich Hiltrud hinterher nicht sicher, ob dieser jemand bemerkt hatte, dass sie an ihrem Lieblingsplatz bei der Fensterbank saß und freundlich grüßte. In ihrer Angst, sie könnte sich selbst verloren haben, hatte Hiltrud ein ums andere Mal an ihrem Kopfkissen gerochen, ja den Bezug beinahe eingeatmet, auf der Suche nach ihrem Geruch, einem Zeichen dafür, dass es sie wirklich gab. Alles, was sie zwischen den Laken fand, war ein graues Haar und ein leiser Hauch von Mottenkugeln. Das Haar hatte sie in ihre Schublade, links im kleinen Nachtschrank, gelegt und sie war bereit, es im Zweifelsfall als Beweismittel anzuführen. Weil niemand danach fragte, vergaß sie allerdings nach einiger Zeit, dass es dort lag, und irgendwann war es verschwunden. Wie Hiltrud selbst.

Im Nachhinein fügte sich das Bild wie ein Puzzle vor ihrem inneren Auge zusammen. Es deutete alles darauf hin, dass sie zu einem Ninja geworden war. Einem Partisanenkämpfer, einem Meister des Versteckens, wie es ihn drüben, auf der anderen Seite der Welt, im fernen Japan, gab. Hiltrud hatte von Japan gehört. Sie würde nicht behaupten, dass sie von der asiatischen Kultur eine Menge verstand, aber sie aß gerne Reis und fühlte sich dabei exotisch. Und obwohl sie ziemlich sicher war, dass dieses Seniorenheim nicht in Japan lag, so fühlte sie sich dem fernen Land doch näher als der eigenen Zimmertür. Es gab nur eine Erklärung für ihre neuen Fähigkeiten: Hiltrud war unsichtbar, weil sie ein Ninja war. Nur ihren Auftrag, den kannte sie nicht.

Bei einem seiner seltenen Anrufe hatte Hiltrud ihrem Sohn im Vertrauen davon erzählt. „Ich bin ein Ninja-Krieger", hatte sie gesagt. Danach hatte die Heimleitung ihre Medikation geändert. Jetzt war sie auch tagsüber meist müde und sah die Farben in ihrem Zimmer, ja sogar die Farben auf ihren Bildern, schienen etwas blasser.

Manchmal hatte es auch Nachteile, ein Ninja zu sein. Zum Beispiel an diesem Dienstag im April, als Hiltrud unglücklich über ihren Hocker gestolpert war und der Länge nach auf dem Teppich hinschlug. Erschrocken hatte sie am Boden gelegen und gewartet, bis ihr Atem wieder etwas flacher ging und sich das Zimmer nicht mehr drehte. Es kam ihr wie Stunden vor, dass sie dort lag, und es wunderte sie kaum, dass niemand kam, um ihr zu helfen, denn es war ja niemand da, der sie hätte sehen können. Hiltrud war einfach zu gut getarnt. Ihr Versteck war der Körper dieser alten Frau, den sie mit sich trug. Ihre Ninja-Kleidung war die faltige Haut, die sich in dichten Runzeln über ihren Leib legte und alles verbarg, was Hiltrud glaubte einmal gewesen zu sein. Später zeugte nur noch ein kleiner roter Fleck – Hiltrud musste sich im Sturz auf die Zunge gebissen haben – von dem Zwischenfall. Er trat sich mit der Zeit im Teppich fest.

In der Nacht streifte Hiltrud durch die einsamen Gänge des Seniorenheims und lauschte nach dem Leben. Alles, was sie vernahm, war das Rascheln von Skatkarten zwischen den rauen Fingern der Pflegerinnen. Hier und da ein entfernter Freudenschrei oder dumpfer Protest, wenn jemand im Begriff war die Partie zu verlieren. Hiltrud hatte sich auch verloren. In den sterilen Gängen des Seniorenheims bewegte sie sich wie ein Fremdkörper. Im Eingangsbereich wies nur die kühle Notbeleuchtung ihren Füßen den Weg. Es war schwül in dieser Sommernacht und Hiltrud hatte das Nachthemd abgestreift, im Wissen, dass niemand ihre Nacktheit bemerken würde, wo doch ohnehin niemand irgendwas bemerkte.

Alles, was sie trug, waren ein paar Pinsel und eine bunte Palette mit Acrylfarben. Ihre Waffen. Und während drei Türen weiter Simone Brewisch die achte Partie Skat gewann und damit ihre Unbeliebtheit in Kollegenkreisen erfolgreich zementierte, ließ Hiltrud ihren Pinsel über die Rückwand der Eingangshalle gleiten. Sie malte, bis ihr Arm schmerzte und ihre Finger von Farbe steif und krustig waren. Füße, Hände, Brüste, ein Gesicht, das faltig auf dem Körper lag, darin dunkle Augen unter weißen Locken. Hiltrud malte sich selbst, wie sie sich all die Jahre im Spiegel studiert hatte. Kein Make-up, keine Kleidung. Nur Hiltrud. Wenn schon keiner wusste, dass sie ein Ninja war, dann sollte sie zumindest jeder sehen können.

Am nächsten Morgen war das Bett im Zimmer mit der Nummer 14 leer. Es war, als hätte sich Hiltrud in Luft aufgelöst, als wäre sie unsichtbar geworden. An der Wand lehnten nur noch ihre Bilder. Auf dem gemachten Bett lag ein Haar, das im leisen Luftzug des geöffneten Fensters zitterte.

FRAU MAHLZAHN

Glückliche Menschen sind scheiße. Ich hasse glückliche Menschen so sehr, dass es mich fast selbst glücklich macht. Aber ich bin lieber unglücklich. Das steht mir besser. Ist auch eine Frage des Images. Und der Street Credibility. Ich begrüße meine Freunde gerne mit einem fröhlichen Mittelfinger. Fremde, Männer, Kinder und Nagetiere beleidige ich stets mit einem höflichen: „Geh mir aus dem Weg, du alte Pissnelke!" Zum Geburtstag überreiche ich meinen Verwandten bevorzugt einen bunten Blumenstrauß aus Fäkalausdrücken. Und wenn mich jemand bei Facebook anstupst, dann fahre ich mit meinem Hollandrad vorbei und zeige ihm, wie man Menschen richtig anstupst. Mit einer Motorsäge nämlich. Dann ist es mir auch egal, ob derjenige in Nottuln-Appelhülsen wohnt oder in Nicaragua. Ordnung muss sein.

Ich hasse das Sonnenlicht. Wenn ich nachts vor die Tür gehe, trete ich alle Straßenlaternen aus, weil die machen Licht. Und ich hasse Licht. Das brennt so hässlich in meinen Augen. Das einzige Licht, in dem ich mich sonne, ist das Licht meines Laptops. Im Licht meines Latops male ich Aquarelle vom Weltuntergang. Mit meinem eigenen Blut. In meiner Freizeit zünde ich Spielplätze an. Die brennen so schön. Und manchmal lege ich Pfennige auf Bahnschienen, aber nur, weil ich zu feige bin, mich selbst drauf zu legen. Dabei mag ich Schmerzen. Schmerzen zeigen mir, dass ich noch am Leben bin. Am Leben und am Tresen. Denn der schönste Ort auf der Welt ist doch immer noch der Barhocker. Und das schönste Getränk der Welt ist Hansa Pils. Aber was interessieren euch meine Trinkgewohnheiten, ich habe keine Trinkgewohnheiten, ich habe Trinkgelegenheiten. 24 Stunden am Tag. Mein ganzes Leben ist eine einzige Trinkgelegenheit. Und weil ich trinken so langweilig finde, rauche ich dabei. Eigentlich immerzu. Dabei sehe ich aus wie Frau Mahlzahn, die mit großem Abstand sympathischste Figur aus „Jim Knopf & Lukas der Lokomotivführer". Ich würde Frau Mahlzahn Mama nennen, wenn Frau Mahlzahn nur echt wäre. Aber Frau Mahlzahn ist nicht echt, weil Drachen gibt es nicht. Leider. Ich sehe aus wie ein Drache, mit meiner Zigarette und meinem Hansa Pils. Ich rauche drei Schachteln am Tag. Und wenn ich mal kein Feuerzeug habe, dann esse ich die Zigaretten. Ach was, ich zerfleische sie mit meinen angeborenen Vampirzähnen. Hauptsache Nikotin.

Gegen den Hunger hilft sonst nur Fleisch. Blutiges Fleisch, das sich noch bewegt. Ich höre es leise „Hilfe!" schreien und ich hoffe, das Tier hatte ein unglückliches Leben. Weil mein Leben ist auch unglücklich und keiner geht hin und gründet eine Organisation zur Verbesserung meiner Haltungsbedingungen. Wenn sich die ganzen Vegetarier und Veganer einmal um mich kümmern würden, dann täte ich deren Bumsverein auch unterstützen. Aber nix da. Ich bin ja keine Henne. Pock. Pock.

Ich hasse Menschen. Und mehr als glückliche Menschen hasse ich eigentlich nur glückliche und verliebte Menschen. Also glücklich verliebte Menschen. Weil die den ganzen Tag nur Scheiße reden. Und mehr als glücklich verliebte Menschen hasse ich eigentlich nur unglücklich verliebte Menschen. Weil die den ganzen Tag nur Scheiße reden und dabei auch noch weinen. So was brauche ich nicht. Das sieht unschön aus und riecht auch noch blöd. Immer dann, wenn solche Menschen über ihr Elend auch noch die Hygiene vernachlässigen. Das muss nicht sein.

Habe ich schon erwähnt, dass ich Menschen hasse?

Und dann kam Paul.

Ich habe Paul nicht gehasst, weil den Paul kann man gar nicht hassen. Paul ist auch eigentlich gar kein Mensch, Paul ist mehr so ein Engel, der plötzlich vom Himmel fiel. Und wenn ich in Pauls Augen gucke, dann sehe ich darin Einhörner auf Regenbögen tanzen. Hui. Paul ist total süß, weil Paul sagt, dass ich auch total süß bin, und weil wir beide so süß sind, kleben wir den ganzen Tag aneinander. Das sieht man auch auf meinem neuen Facebook-Profilbild. Da stehen Paul und ich vor dem Eiffelturm, wo wir uns total heftig küssen. So mit Zunge auch. Das erkennt man ziemlich gut. Und das Bild haben jetzt schon 48 Leute geliked und die habe ich alle zum Dank einmal zärtlich angestupst.

Der Paul und ich, wir sind jetzt bestimmt schon so ca. ganz grob 3 Wochen, 22 Tage, 14 Stunden, 17 Minuten und 23 Sekunden zusammen. Und wir hatten jetzt auch letztens mal über Hochzeit und Kinder gesprochen. Das kann ich mir echt gut vorstellen mit dem Paul. So eine kleine Familie, in einem freundlichen Reihenhaus, Spielplatz direkt vor der Tür. Das wär schon was.

Und ich vermiss den Paul auch immer ganz schrecklich. Wenn der zum Beispiel mal ein paar Minuten auf dem Klo ist. Dann schreiben wir uns meistens SMS. So was Neckisches, wie: „Na, Purzel? Wie läuft's?" Und dann immer so einen Doppelpunkt, Strich und ein Asterisk. Oder halt ein Herz. Mit so 'nem Schnabel und 'ner 3.

Seitdem ich den Paul kenne, trinke ich nicht mehr. Ich bin ja jetzt liebestrunken. Und Paul mag es nicht, wenn ich rauche, das riecht ja auch total doof. Und letztens waren wir zum 8-Wöchigen ganz fein essen, in so einem veganen Restaurant. Das war auch echt lecker.

Ich weiß nicht, ob ich es schon gesagt habe, aber ich liebe alle Wesen. Menschen. Käfer. Auch Bäume. Äste. Speziell Äste! Blätter. Und Steine.

Wenn ich ganz still bin, höre ich sie lachen, und ihr Lachen schmeckt nach Zuckerwatte.

Und dann musste ich beim Sat1-Dienstags-film letztens ganz doll weinen, weil der rumänische Gastarbeiter Razvan sich doch so doll in die Adelige Franziska von Hoffmansthal verliebt hat und die erst nicht wirklich zueinander gefunden haben. Weil die Familien hatten auch was dagegen, ist ja verständlich, und so nach 90 Minuten haben die dann aber doch mal geheiratet. Ich habe trotzdem nicht aufgehört zu weinen. Erst als der Paul mich getröstet hat und gesagt hat, dass ich seine Prinzessin bin. Und das stimmt auch. Ich bin eine Prinzessin.

Ich liebe den Paul sooooo sehr. Für immer. XOXO. Liebe bis in den Tod.

UND DANN HAT DER PAUL SCHLUSS GEMACHT!

Aber das macht nichts, weil ich habe Paul schon immer gehasst. Und ich habe jetzt auch keinen Liebeskummer. Weil nichts ist schlimmer als unglücklich verliebte Menschen.

Ich bin Frau Mahlzahn.

Ich brauche keine Liebe.

Ich brauche Bier.

Und Zigaretten.

„6 Uhr und 8 Minuten ganz genau, an diesem Freitagmorgen.

Das hier ist Sunshine FM, ich bin Sandy und ich hab richtig Bock auf den Tag!

Wir starten schon mal ins lange Wochenende mit der neuen Single von Unheilig, hier, exklusiv für euch …"

Düsch.

Wer braucht den verkackten Radiowecker, wenn man die komplette Limited-Edition-Extra-Large-ge-Jubiläums- & Honeymoon-Collection der Kuschelrock-CDs besitzt? Ich entscheide mich spontan für Kuschelrock Volume 16 aus dem romantischen Jahr 2002. Auf dem Cover der Kuschelrock Volume 16 geht es ganz schön kuschelig zu. Aber alles total harmlos, denn auf den zwölfhundert Kuschelrock-CD-Covern wird sich nicht einmal wirklich geküsst. Niemals. Stattdessen gucken sich da zwei halberwachsene Pfirsichgesichter stundenlang sehnsuchtsvoll in die Augen, lassen sich vom fremden Atem neckisch die Nasenhaare kitzeln und bleiben dann beharrlich auf 2 cm Sicherheitsabstand.

Ich hingegen küsse heute. Und zwar richtig. Mit Zunge. Und Händen und Leidenschaft. Ein Kuss, der es nicht auf eine Kuschelrock-CD schaffen würde. Schon deshalb, weil ihn keiner fotografieren will. Es ist ein Kuss, der jeglicher Ästhetik entbehrt. Ein Kuss wie ein Unfall, ein Crash aus Gesichtsteilen und Körperflüssigkeiten. Ein Kuss, der bei YouPorn zensiert würde. Ein Kuss, von dem Augenzeugen schwanger werden. Ein Kuss wie ein Marilyn Manson-Konzert.

Ich küsse heute, denn ich habe heute ein Date. Und auf Dates küsst man sich. Das ist der Plan.

Celine Dion singt „A New Day Has Come". Es ist Freitag. Date Friday.

9:00

Auf dem Weg zur Arbeit höre ich der Abwechslung halber Kuschelrock Volume 17. An der Ampel beobachtet mich ein haariger LKW-Fahrer dabei, wie ich mir zu Michael Jackson lustig in den Schritt fasse. Er tut Ähnliches, allerdings aus anderen Gründen.

9:30

Büro.

Aha. Da sitzt er ja. Mein Kollege Robert Koritzke, der alte Gauner. Der fette Robert hat keine Dates, nein, hat er nicht. Nicht so wie ich, die ja heute Abend ein Date hat. Robert aber nicht. Robert datet höchstens im RTL-Videotext, aber auch nur, weil man da keine Bilder verschicken kann. Und wenn man es könnte, wäre Roberts Bild ein einziger fetter Pixel, ein gelber Punkt so groß wie der Flachbildfernseher meines Papas. Und der ist groß.

Ich weiß nicht, ob es auffällt, aber ich mag Robert nicht so gerne. Robert hat mich einmal beim Chef verpfiffen, als ich mir überm Bürowaschbecken die Beine rasiert habe. Das musste sein, weil ging nicht anders. Hat Robert nicht verstanden, der hat lieber gepetzt. Der Arsch. Seitdem liegt in Roberts unterster Büroschublade ein gammeliges Mettbrötchen. Ich weiß es, weil ich es da reingetan habe. Und dann habe ich abgeschlossen. Weil ich hoffe, dass sein Schreibtisch jetzt bald laufen lernt. Und dann läuft er weg, der Schreibtisch. Und Robert Koritzke läuft hinterher. „Robert!", würde ich rufen. „Robert, wohin rennst du denn nur?" „Ich renne dem Schreibtisch hinterher." „Aha." Dann wäre ich ihn los, den Robert. Aber leider stinkt das Mettbrötchen einfach nur. Und dann gucke ich Robert immer strafend an und ihm ist es unangenehm. Er schämt sich leise. Auch gerade.

9:45

Heute ist immer noch Date Friday. Leider weiß das keiner, außer mir.

„Na, Robert?", frage ich. „Alles tutti?"

„Och, ja."

Wenn der Robert wüsste, dass ich ein Date habe. Das wäre doch schön.

„Was machst du denn so heute Abend?", frage ich den Robert.

Robert erzählt was von Spartacus, weil Spartacus hat Muskeln und Sex und so was sieht Robert nicht im Spiegel, sondern nur im Fernsehen.

„Und du so?"

„Interessant, dass du fragst", sage ich. „Interessant, dass du fragst. Ich habe ein Date, Robert."

Bedeutungsschwangere Pause.

„Ein Date."

„Schön", sagt Robert.

„Finde ich auch", sage ich. Dann beobachte ich in der nächsten halben Stunde heimlich, ob Robert die heiße Info über den Firmenverteiler jagt. Tut er aber nicht. Zu nichts zu gebrauchen, der Mann.

„Es riecht unangenehm", sage ich.

Robert schämt sich.

11:00

Auf www.prinzessinnenspass.de kann man prima Gratis-Games spielen. Nicht so eine Fantasy-World-Scheiße, sondern total nützliche Sachen. Da kann man zum Beispiel Jennifer Aniston schminken. Das mache ich direkt mal und teste an ihr mein geplantes Abend-Make-up. Schön. Den Screenshot schicke ich mir als Memo per Mail. Und meinem kompletten Kundenstamm auch. Ups.

11:01 und 30 Sekunden

Bevor der Chef von meiner Jennifer-Aniston-Mail erfährt, klopfe ich kurz an seine Tür und täusche körperliche Gebrechen vor. Er mustert mich eine Weile kritisch und beugt sich dann in alter Günther-Jauch-Manier neugierig zu mir herüber.

„Was haben Sie denn?", möchte er wissen.

Ich schaue ihm tief in die Augen und sage dann das einzig Logische: „Ich menstruiere", sage ich. „Ekelhaft. Ich menstruiere so doll und so schlimm, das hat man noch nicht gesehen."

Und ich hoffe sehr, dass er es noch nicht gesehen hat, denn das wäre doch komisch.

Ich darf also heim.

12:00

Oh Jesus. Ich menstruiere wirklich. So doll und so schlimm, das hat man noch nicht gesehen. Ärgerlich. So was darf nicht passieren. Schon gar nicht am Date Friday. Unter der Dusche bekomme ich das Prinzessin-Pummelfee-Zaubershampoo in die Augen. Und ich kann bestätigen – das Prinzessin-Pummelfee-Zaubershampoo kann zaubern, denn es zaubert höllische Schmerzen in meine Augen. Ich weine ein bisschen.

12:30

Musste noch mal ein bisschen weinen, weil ich mich nackt im Spiegel gesehen habe. Ich muss dringend 10 Kilo abnehmen. Am besten in den nächsten fünf Minuten. Ich entstaube meine alte „Bodywork-Out mit Tyra Banks"-DVD und springe in meinen Latex-Body-Suit. Dank einer halbstündigen Eric Prydz „Call on me"-Sequenz verliere ich immerhin 250 Gramm. Aufgerundet. Ich erkenne einen deutlichen Unterschied und fühle mich fast wohl.

13:00

Fühle mich gar nicht wohl, bin hässlich. Habe mich eben beim Schlecker-Ausverkauf mit einer wehrlosen Rentnerin geprügelt. Für 3,99 Euro eine Bauchwegstrumpfhose und ein blaues Auge erstanden.

14:15

Mail von Robert bekommen.

Hallo Sandra, hast du Jennifer Aniston geschminkt?

Hallo Robert, wieso? Hat sie angerufen?

Hallo Sandra, nein. Aber deine Key Accounts.

Hallo Robert, ich habe leider keine Zeit. Ich habe heute ein Date.

Robert ist wirklich schwer von Begriff.

16:00

Ich bekomme spontan Panik, weil ich den Namen meines Dates vergessen habe. Und dann habe ich vergessen, wo wir uns treffen. Und dann habe ich vergessen, wo ich mir alles notiert habe. Das muss an meinem Beruhigungsschnäpschen liegen.

17:30

Ding. Ding. SMS von Kevin (Aha. So hieß das Date)

„Jo Sandra, schlechte Nachrichten. Das wird heute nichts. Vielleicht wann anders. LG, Kevin."

Na toll. Es bleibt also bei Kuschelrock und Schnaps.

Gott sei Dank habe ich mir keinen Stress gemacht!

Herr Schlöder erkannte, dass es strategisch sehr unklug gewesen war, an diesem Morgen seine Hose zu vergessen, wo doch so viele Eltern ihren Besuch in seiner Sprechstunde angekündigt hatten. Nun war er den ganzen Tag über darum bemüht, sein Paar haariger Staksen nicht unter dem Tisch hervorzuholen, sodass niemand seinen Fauxpas bemerken würde. „FRAU PRÜM-MELSBERG!", rief er also von seinem Sitzplatz am Ende des Klassenzimmers hinüber zur Türe, um die erste Mutter verbal hineinzugeleiten. Diese war es aber nun nicht gewohnt, ihren Namen mit einem harten G gesprochen zu hören, und folgte lediglich dem Ruf „PRÜMMELS-BERCH!", woraufhin sie irritiert im Flure verharrte und darauf wartete, dass sich ihre Beinahe-Namensvetterin zu erkennen gäbe. Da allerdings weder eine Frau Prümmelsberg erschien, noch eine Frau Prümmelsberch hereintrat, wurde Herr Schlöder zusehends ungeduldig und begann mit seinem mitgebrachten Zirkel ein Loch in das Lehrerpult zu fräsen.

Eben jenes Lehrerpult hatte indes schon 1768 die Beine des berühmten Lokalpolitikers Albert Hoppsdenhobel gewärmt, der damals in seinem Studierzimmer von einem Smartphone träumte, das zweifelsohne 1768 noch wunderliche Zukunftsmusik war. Visionär Hoppsdenhobel erfand daraufhin den Einkaufszettel, der in Wissenschaftskreisen schnell zum neuen großen Ding avancierte und seinem Erfinder zu Weltruhm verhalf. Vielerorts versammelten sich Menschen in langen Schlangen vor Läden, in denen man Einkaufszettel erwerben konnte. Einige von ihnen verharrten dort sogar mehrere Tage, um sich als Erste mit dem neumodischen Apparat schmücken zu dürfen. Über die viele Warterei vergaßen sie allerdings, was sie dort zu kaufen gedachten, denn sie besaßen ja keinen Einkaufszettel, der sie hätte daran erinnern können. Als Hoppsdenhobel sich dieser misslichen Lage gewahr wurde, nahm er sich das Leben, denn es machte ihm keine rechte Freude mehr.

Frau Prümmelsberg, die wenige Jahrhunderte später einen alten Kaugummi in ihren Einkaufszettel drückte und sich schließlich mit selbigem etwas Spucke von der Wange tupfte, ahnte von derlei Tragik nichts, denn sie hatte ihre eigenen Probleme, die sie nachts schlaflos hielten. Sie würde es heute nicht mehr in den Supermarkt schaffen, denn ihr Zeitplan hatte sich durch die Verzögerung dramatisch nach hinten verschoben, sodass sie nicht rechtzeitig nach Hause kam, um ihrem Sohn Erik die mittägliche Lasagne zu reichen. Infolge dieses Versäumnisses erlag Erik einem dramatischen Hungertod, denn er war es gewohnt, pünktlich zu speisen, und hatte gleichwohl wenig Ahnung von dem Kücheninterieur und dessen Funktionsweise. Ein Tod, der hätte verhindert werden können, wenn Herr Schlöder nicht heute Morgen seine Hose vergessen hätte.

Dieser hatte unterdessen mit dem Zirkel ein faustgroßes Loch in die Tischplatte gebohrt und genoss alldieweil die freie Sicht auf seine haarigen Knie. Nun, da der Fokus auf seiner Beinmitte lag und er seine Kniescheiben unter der blassen Haut majestätisch funkeln sah, beschloss er, ein Knie-Model zu werden, denn er mochte es sehr, untenrum fotografiert zu werden. Beflügelt von der neuen Lebensaufgabe schlüpfte Herr Schlöder unter dem Tisch hervor und stürmte aus dem Klassenraum, woraufhin er unglücklich in Frau Prümmelsberg geriet, die dort soeben in schändlicher Manier den Einkaufszettel samt Kaugummi zu Boden ließ. „Frau Prümmelsberg!", rief Herr Schlöder erschrocken, denn er erkannte sofort seinen Schüler Erik in ihrem Bauchumfang wieder. „Dort sind Sie ja!" Sie gab sich entsetzt und stolperte rückwärts. Ein paar umstehende Eltern gerieten in Aufruhr, als sie den halb entblößten Lehrkörper bemerkten, und eine besonders hysterische Mutter begann, Schlöders Unterhose mit einem Filzstift zu bekämpfen, denn sie führte keinen Säbel mit sich. Da die Unterhose allerdings schwarz war und der Filzstift nur rosa malte, machte das nichts. Noch während der Flucht fand Schlöders linker Fuß den Kaugummieinkaufszettel und nahm diesen mit fort, als wäre es ein lustiger Tramper, der sich heimwärts sehnte. Sofort trug es den Pädagogen zu einer Agentur für schöne Menschen, in der er seine Knie zu präsentieren gedachte, in der Hoffnung man möge ihn schnell reich und berühmt machen, wie es einem Mann mit so schönen Knien gebührte.

Gleichzeitig saß zwei Türen weiter der Wuppertaler Modezar Ferdinand de la Gauche, der soeben vom überraschenden Tod seines unehelichen Sohnes Erik erfuhr und sofort die Arbeit niederlegte, um traurig zu sein. Ferdinand de la Gauche hatte zuvor in bunten Magazinen geblättert und nach schönen Menschen gespäht, als das Unheil so plötzlich über ihn hereinbrach. Nun zweifelte er an seinem Tun und fühlte eine nie gekannte Leere in sich, die ihn veranlasste zu weinen, was ihm sehr peinlich war. Ein schönes Paar Knie wäre sicher tröstend gewesen, aber Ferdinand de la Gauche wusste, wie schwer es war, schöne Knie zu finden, und er vermochte es nicht, sich vorzustellen, wie ein solcher Umstand möglich wäre.

Derweil tupfte Herr Schlöder draußen vor der Türe ein wenig Make-up auf seine Knie, weil diese durch die Aufregung unvorteilhaft errötet waren und womöglich einen kränklichen Eindruck machen könnten. Da fiel sein Blick plötzlich auf das Papier, welches ihm so neckisch unter dem Socken klebte. Neugierig nestelte er seinen unerwünschten Weggefährten unter dem Fuße hervor und freute sich zunächst sehr über das Kaugummi, denn er hatte an diesem Morgen nicht nur seine Hose, sondern auch das Zähneputzen vergessen. Sofort füllte sich sein trockener Mund mit einer Ahnung von Pfefferminze und Fußweg, was Herrn Schlöder gleichermaßen frisch und agil stimmte. Wohlgesonnen wollte er soeben an die mächtige Türe des Modezaren klopfen, als sich der Einkaufszettel vor seinen Augen entfaltete und eine geheime Botschaft gebar. Keine fünf Stunden zuvor hatte Frau Prümmelsberg mit ihrem FDP-Kugelschreiber ein paar Notizen auf selbiges Papier gekritzelt: Lasagne, Duschdas, Kräuterbutter. Da der Kugelschreiber aber nun kein besonders haltbarer war und Herr Schlöder das Zettelchen unterwegs mit seinem Fuße bereits sehr beansprucht hatte, blieben nur ein paar wenige Buchstaben zurück, die nun verhießen: „LAS DAS!" Herr Schlöder hatte keinen leisen Zweifel daran, dass ihm hiermit eine geheime Botschaft übermittelt wurde, und wich voller Ehrfurcht zurück. Obschon sein überirdischer Gönner der Rechtschreibung nicht mächtig schien, war die Nachricht überdeutlich: Er würde es lassen. Sein Traum verpuffte eindrucksvoll vor seinem inneren Auge und seine Knie schmerzten, denn sie fühlten sich um ihre Karriere betrogen.

Im nächsten Jahr saß Herr Schlöder wieder am Pult im Klassenraum. Seine Hosen zwickten unangenehm in den Kniekehlen und das Loch im Tisch war jetzt kindskopfgroß, sodass es manchmal nach schwitzigen Füßen roch. Frau Prümmelsberg kam nicht mehr zu seinen Sprechstunden. Nur Ferdinand de la Gauche ließ sich ab und an blicken, denn er hatte noch weitere Kinder in Schlöders Klasse. Und manchmal – und da war Herr Schlöder sich sehr sicher – warf er einen neidvollen Blick auf seine Knie.

Tag 1

Ich menstruiere hart. Ekelhaft! Eine ganze Film-nacht „Saw" Teil 1-7 könnte nicht im Ansatz audiovisuell rekonstruieren, was sich derzeit in meiner Buchse tut. Vielleicht eine ganze Film-nacht „Saw" Teil 1-7 und der Kinderklassiker „Die Abenteuer von Elmo im Grummelland". Aber da bin ich mir nicht so sicher. Fakt ist: Mei-ne Tage kommen immer so überraschend wie Weihnachten und Männer in Pornos. Den rest-lichen Zyklus bin ich meist davon überzeugt, dass ich auf jeden Fall mit Drillingen schwanger bin. Selbst dann, wenn der letzte Sexualkontakt nur darin bestand, dass ich bei H&M einen noch warmen BH anprobiert habe. Was auch ziemlich ekelhaft ist, wenn man mal drüber nachdenkt. Aber auch ein bisschen kuschelig.

Tag 2

Alles tut mir weh. Einfach alles! Alles – außer meinen Augenbrauen. Freunde und Bekannte, die bei Facebook nicht schnell genug offline sind, kläre ich via Instagram über meine körperlichen Leiden auf. In Sepiatönen erreicht der visuali-sierte Ekel eine neue Dimension. Keine Frage, es geht zu Ende mit mir! Nach zehn Packungen Paracetamol 500 und 18 sorgsam abgezählten MAOAM-Cola-Krachern (Aufpassen! – Da holt

man sich schnell eine Überdosis!) habe ich endlich ein Schmerzlevel erreicht, auf dem ich dem
RTL-Abendprogramm wieder folgen kann. Ich
fühle mich besser.

Tag 3

Ich fühle mich scheiße. Der Spiegel verrät mir,
dass ich hässlich bin. Ich beschließe, ihn nicht
mehr zu abonnieren. Ich weine dennoch ein
bisschen. Dann fixier ich meine faltige Stirn mit
ausreichend Haarspray. Das trocknet auch die
Tränen.

Ich gehe zur Arbeit. Ein grober Fehler! Mein
Kollege Robert fragt mich im Büro, ob ich meine
Tage habe. Ich weiß nicht, wie der darauf kommt.
Eben noch hatte ich ein pädagogisches Gespräch
mit dem Kopierer geführt, der sich bereits den
ganzen Vormittag relativ frech verhalten hatte.
Von meinem Geschrei wurde Robert geweckt,
in seinem Gesicht hing noch ein verwesendes
Stück Schnitzelbrötchen vom Frühstück. Von
vor drei Tagen. Und während er mir beim Reden
ein olfaktorisches Horsd'oeuvre aus panierten
Schlachtabfällen entgegen spie, gipfelte mein bü-
rokratischer Unmut in einer kleinen Prügelei mit
dem Kopierer. Der Kopierer verlor Tinte, ich ein
paar Fußnägel.

„Sag mal, hast du deine Tage?", fragt Robert
in alter Drei-Fragezeichen-Manier. Als Nächstes
fragt er dann, ob sich jemand mit Brandwunden

auskennt. Ich kann mit meinem Taschenfeuerzeug erstaunliche Dinge vollbringen. Habe ich damals in der Zirkusschule gelernt. Grundkurs 4: „Freudenfeuer: Alles kann brennen, außer es brennt nicht!" Robert konnte brennen.

Tag 4

Trotz reichlicher Routine gestaltet sich der Tamponwechsel wieder ziemlich kompliziert. Vor allem, weil ich ja gar kein Blut sehen kann. Ich mache es einfach wie damals im Matheunterricht und gucke nicht hin. Das vereinfacht die Sache nicht wirklich, liefert aber eine Erklärung dafür, warum es auf Frauenklos immer so aussieht wie am Set von „Haus der 1000 Leichen". Das war ich.

Tag 8

Die Lage hat sich wieder etwas entspannt. Ich bin beinahe ausgeglichen. Ja, vielleicht schon glücklich. Mein Leben sickert wie das Arte-Vorabendprogramm in sanften Pastellfarben an mir vorbei. Ich lächele debil und frage Robert, ob es seinem verbrannten Arm etwas besser geht. Er grunzt verängstigt. Manchmal glaube ich, dass Robert depressiv ist. Ich schreibe ihm eine Mail mit dem Betreff „Yolo" und einer liebevollen Auswahl an süßen Katzenvideos auf YouTube. Als Robert in Tränen ausbricht, erfahre ich, dass sein Lieblingskater Boromir erst gestern vom

Bofrost-Auto überfahren wurde. Ich versuche die Situation zu retten, indem ich Robert ein Video von einem Alpaka schicke, das den Gangnam Style tanzt. Robert mag keine Alpakas. Das macht ihn wieder merkwürdig.

Tag 12

Eisprung. Ich habe gelesen, dass sich Frauen in der Zeit um den Eisprung besonders zu rebellischen und gutaussehenden Männern hingezogen fühlen. Ersteres kann ich bestätigen, ich hatte warme Gefühle in mir, als ich Bilder von Kim Jong-un im Fernsehen sah.

Tag 18

Kaum bin ich aus dem Gröbsten raus, macht sich auch schon das prämenstruelle Syndrom bemerkbar. Mein Leben fühlt sich an wie eine CD von Philipp Poisel. Ich rede auch schon so. Morgens frage ich Robert im Büro, wie ein Mensch das ertragen soll.

Robert fragt: „Was denn?"

Ich sage: „Das Leben, Robert, das Leben."

Robert zuckt mit den Schultern. Ich würde ihm gerne sagen, dass ich heimlich in ihn verliebt bin. Aber das weiß ich selbst erst seit gerade eben. Stattdessen male ich bei Paint blumige Bilder von unseren gemeinsamen Kindern. Ich bin heute ganz schön verträumt, und als Robert sich überraschend von hinten nähert, pupse ich vor Schreck. Das mit den Kindern hat sich damit erledigt.

Tag 23

Heute früh ist mir wieder aufgefallen, wie ausgesprochen scheiße der Robert ist. Das möchte ich ihm gerne zur Begrüßung mitteilen. Weil ich finde, dass ein bloßer Mittelfinger meine empfundene Abneigung nicht hinreichend ausdrücken kann, zeige ich ihm einfach alle meine Finger. Robert missversteht das ein wenig und winkt fröhlich zurück. Es hilft nur noch der Superlativ an körperlicher Beleidigung. Grundloses, effektives, erbarmungsloses Starren. Nach fünf Minuten ist mein rechter Augapfel rosinenförmig eingeschrumpelt und verlässt langsam die Gesichtshöhle in Richtung Robert. Robert hat Angst, dass es gleich zu einem wörtlichen „Blickkontakt" kommen könnte, und verlässt den Raum. Glück gehabt.

Tag 25

Ich bin mir relativ und sehr sicher, dass ich schwanger bin. Immerhin habe ich diesen Monat einige nackte Gedanken an Robert gehabt. Meine fünfzehn extra gekauften Schwangerschafts-Früherkennungs-Tests widerlegen meinen Verdacht zwar, aber im Brigitte-Forum finde ich eine Handvoll alleinerziehender Öko-Muttis, die mir bestätigen, dass sie auch vom bloßen Gedanken an Sexualität schwanger wurden. Wusste ich's doch!

Tag 28

Oha. Ich menstruiere. So ganz ohne Vorwarnung. Das habe ich nicht kommen sehen. Da ist Robert jetzt sicher enttäuscht. Ich werde ihm noch heute davon erzählen. Vielleicht ist er dann auch endlich mal nett zu mir. Wir Frauen haben es nämlich wirklich nicht leicht.

DER AUKTORIALE ERZÄHLER

Dort liegen der auktoriale Erzähler und ich nun in der Badewanne und werfen uns rosa Schaum an die Nase. Es ist ein guter Tag, so glaube ich, obschon der auktoriale Erzähler längst um das Unglück weiß, welches an diesem Morgen so drohend über mir schwebt. Den literarischen Traditionen folgend, lässt er seinen Protagonisten, also mich, aber im Ungewissen über sein Schicksal und so schnaube ich fröhlich kleine Löcher in den Schaumberg, der sich zwischen meinen Knien türmt. Der auktoriale Erzähler wirkt deprimiert. Ich möchte ihn mit ein paar lieben Sätzen trösten, aber da wir uns konsequent siezen und jedes erquickende Wort die Höflichkeit verbietet, schweige ich lieber. Denn was sollte ich auch sagen? Zweifelsohne weiß der auktoriale Erzähler bereits um meine gedankliche Zuwendung und freut sich insgeheim darüber, wenngleich es ihm verblüffend gut gelingt dies zu verbergen.

Der auktoriale Erzähler denkt indes an das nahende Unheil und prüft die Geschehnisse auf ihren Sensationswert. „Es täte der Geschichte sicher gut, einen Zeitsprung vorzunehmen", erwägt er dann und im selben Augenblick knickt die Zeitachse nach hinten weg und die Handlung stürzt in die Vergangenheit.

Keine zwei Wochen zuvor hatte der auktoriale Erzähler plötzlich in meinem Bett gesessen und mit einem Filzstift Buchstaben auf meine Füße gemalt. „Was tun Sie da?“, hatte ich den Fremden gefragt. Dieser rieb sich die glänzende Nase und erwiderte: „Ich beschreibe Ihre Füße.“ Ich nickte anerkennend. „Und?“, wollte ich wissen. „Wie sind die so?“ „Geruchsarm und sehr kalt.“ Ich hatte schon Menschen schlechter über mich reden hören, also entschied ich, dass der auktoriale Erzähler bleiben dürfe. „Wie heißen Sie denn?“, erkundigte sich dieser interessiert. Mit meiner Antwort zeigte er sich allerdings wenig einverstanden und verpasste mir stattdessen einen Klebezettel mit dem Namen „Lisa“.

Zweifellos nahm der auktoriale Erzähler seinen Job sehr ernst, sodass ich ihm zunächst mehrere Tage dabei zu sah, wie er meine Wohnung mit allerlei Requisiten ausstaffierte und hier und da ein paar Wörter an die Wände malte. „Kiosk“ schrieb er an meine eine Wand, „Garage“ an die andere. „Himmel“ schrieb er an die Decke. „Wir müssen bei den Kulissen sparen“, erklärte er ungefragt und zog dabei nachdenklich an seinem Zigarillo. „Wir müssen sparen.“ Ich nickte wissend und sah vom Kiosk zur Garage. Dazwischen stand mein zerwühltes Bett verloren im Raum herum. „Auto“, sagte der auktoriale Erzähler und wies auf meine Leoparden-Bettwäsche. „Das ist Ihr Auto." „Ja", sagte ich. Das machte Sinn.

Später hatte der auktoriale Erzähler eine Weile in meinem Wäschekorb gewohnt, um herauszufinden, wer ich bin, denn – und diese Erkenntnis erfüllte ihn mit einigem Stolz – nur ein stinkender Mensch ist ein ehrlicher Mensch. Sein wippender Kopf ragte zwischen einem bunten Berg aus Socken und Unterwäsche hervor und schickte hier und da vereinzelte Rauchwolken ins Zimmer, als wolle er ein paar indianischen Verwandten Grußkarten senden. Ich lag derweil auf meinem Auto und rieb mir die wunden Knie, denn ich hatte den Vormittag damit zugebracht, Kopfsteinpflaster auf meinen Teppich zu malen, sodass meine Beine jetzt brannten und meine Finger von stumpfer Farbe knusprig waren. „Es kann losgehen", hatte der auktoriale Erzähler schließlich befunden und ich fragte mich, was er damit meinte. „Das werden Sie schon sehen!", beantwortete er meine Gedanken und das machte mir Angst. „Keine Angst", sagte der auktoriale Erzähler. Und das machte mir noch mehr Angst.

Nun, da wir so einträchtig in der Badewanne saßen, hatte der auktoriale Erzähler seinen wasserfesten Filzstift gezückt, um meinen Körper mit blumigen Worten zu beschreiben: „Strammer Hintern" stand auf meinem hängenden Po, „große Brüste" auf meinem schmalen Vorbau, „blond" auf meinen dunklen Haaren. Der auktoriale Erzähler war offensichtlich ein Sexist und das verärgerte mich ziemlich. Gerade wollte ich zum Protest anheben, da läutete es an der Tür, die inzwischen keine Tür mehr war, sondern eine Bushaltestelle. Der auktoriale Erzähler zuckte zusammen. „Zu früh!", rief er. „Zu früh!" Erstaunlich behände hievte er sich aus dem Schaumberg und griff nach seiner Brille, nebst zurechtgelegtem Schreibblock. „Ich habe das erste Kapitel noch gar nicht beendet!" Bekümmert strich er über die welligen Seiten und schrieb hier und da ein einzelnes Wort hinzu, welches sich scheinbar mühelos in die Geschichte fügte. In der Zwischenzeit hatte ich mir einen Bademantel übergeworfen, von dem der auktoriale Erzähler sogleich das „Bade-" strich, damit ich an der Bushaltestelle nicht unangenehm auffiel. Er gebot mir mit einem Fingerzeig die Türe zu öffnen, auf dass der Gast dem Bus entsteigen könne.

Vor mir stand mein Mörder.

Ich hegte inzwischen einige romantische Gefühle für meinen auktorialen Erzähler, weil sich lange niemand so gut um mich gekümmert hatte und seine väterliche Fürsorge in mir das Bedürfnis weckte, mich wie ein kleiner Hundewelpe vor Freude herum zu kugeln, um dabei anerkennend beklatscht zu werden. Nun, da mein auktorialer Erzähler mich umbringen wollte, verhielt sich die Lage jedoch ein wenig anders. Er war offensichtlich nicht nur ein Sexist, sondern auch ein Arschloch.

„Warum?", rief ich entsetzt. „Ich schreibe einen Krimi", entschuldigte sich der auktoriale Erzähler. „Einer muss sterben." Der Mörder, welcher mit einigem Elan die Schusswaffe auf mich gerichtet hielt, ließ keinen Zweifel daran aufkommen, dass ich das war. „Peng", sagte er und verfehlte nur knapp mein linkes Ohrläppchen. „Du musst schon treffen", nörgelte der auktoriale Erzähler und zog ein paar unwirsche Striche auf seinem Block. Ehe der Mörder ein zweites Mal schießen konnte, nahm ich ihm die Waffe ab und formte aus ihr mithilfe meines Namens eine Waffel. Jetzt hieß ich nur noch Isa, was den auktorialen Erzähler mindestens so sehr aufregte, wie die Tatsache, dass ich ein dampfendes Gebäck in meinen Händen hielt. „Nein!", brüllte er und spuckte dabei hitzige Satzzeichen. Der entwaffelte Mörder griff ungläubig ins Leere und taumelte schließlich rückwärts in den Bus zurück. Verzweifelt schlug der auktoriale Erzähler die Seiten über dem Kopf zusammen. „So geht das nicht!" In blinder Wut wankte er zwischen Kiosk und Garage hin und her und fuchtelte theatralisch mit den Erzählerarmen, sodass Großbuchstaben fontänenartig aus seinen Ärmeln flogen. Ein großes „M" traf mich am Hinterkopf und ich suchte Schutz in meinem Auto. Der auktoriale Erzähler warf sich mir dramatisch in den

Weg. Noch im Moment des Anfahrens sah ich wilde Ausrufezeichen aus seiner Kehle gurgeln. „Einer muss sterben", dachte ich und überfuhr den auktorialen Erzähler.

Weihnachtsmann, Weihnachtsmann, Weihnachtsmann!

MANN, MANN, MANN ... Ich höre immer nur WeihnachtsMANN! Sehe ich aus wie ein Weihnachtsmann? Weihnachtsfrau, verdammte Axt! Ich bin eine Weihnachtsfrau! Das kann doch nicht so schwierig sein!

Nur weil der Achim, das alte Gulaschgesicht, sich in meinem 80er-Jahre-Coca-Cola-Truck hat von der Polizei blitzen lassen, glauben jetzt alle, sie hätten das Fahndungsfoto vom Weihnachtsmann. Ich habe dem tausend Mal gesagt, der soll mit seinen Kaiser-Wilhelm-Gedächtnisstiefeln nicht so fahrlässig auf das Gaspedal stampfen. Das haben wir jetzt davon! Aber auf mich hört der ja nicht.

Alles nur, weil ich damals was mit diesem Rolf hatte, dem Zuckowski, dem Schlawiner.

„In der Weihnachtsbäckerei ..."

Ja, da gab es so manche Kleckerei. Mit mir und dem Rolfi. Das war die große Liebe! Rolfi und ich. Ich und Rolfi. Und dann guckt der drollige Gesangsbarde am nächsten Morgen prüfend auf seine Jahresuhr und sagt: „Schluss mit den Dezemberträumen! Ich muss los, die Welt besingen!" Dabei wollte ich ihm gerade mein Lebkuchenherz schenken. Aber nein, ich bin ja keine Frau zum Liebhaben. Keine Frau zum

Kinderkriegen. (Und Rolfi wollte viele Kinder.) Aber dafür habe ich ja zu viel Bart. Und zu viel Ehemann. Dabei bin ich romantisch. Ich bin mega romantisch. Ich bin sogar romanstuhl und romanteller!

Wenigstens weiß der Rolfi, der Zuckowski, dass ich eine Frau bin. Da ist er vielen ein großes Stück voraus. Aber jetzt ist Schluss! Seit Jahrzehnten schreiben mir die Blagen Briefe und tun so, als hätte ich einen Penis. „Lieber Weihnachtsmann" hier, „Lieber Weihnachtsmann" da. Der Herr Weihnachtsmann ist es aber gar nicht, der die Geschenke bringt. Nein, der Herr Weihnachtsmann bringt's gar nicht! Der bringt nicht mal seine eigene Bierkiste vom Kofferraum ins Kühlschrankfach! Der sitzt den ganzen Tag vor RTL II und wundert sich über seine eigene Existenz. Und manchmal wird er unhöflich – immer dann, wenn sein Glühwein Zimmertemperatur erreicht hat. „Wilma", ruft er dann. Und ich kann nicht mal mit aller Sicherheit sagen, ob ich wirklich Wilma heiße, „Wilma! Der Glühwein ist kalt!" Da hat er recht. Aber wenn man 365 Tage im Jahr auf einer Alpaka-Farm in Süd-Thailand haust, mag das ein eher kleines Problem sein. (Thailand deswegen, weil da die Produktionskosten so niedrig sind. Alpakas deswegen, weil die so niedlich aussehen. Meine Entscheidung.)

Und dann schaut man den thailändischen Kinderhänden dabei zu, wie sie Smartphones in

Glitzerpapier knüseln. Schleife dran, fertig. Bevor die Kinder die Geschenke zusammenknüseln, knüseln die Eltern aber vorher die Elektronik zusammen. Ein Familienunternehmen, quasi. Und während meine thailändischen Weihnachtswichtel am Knüseln sind, muss ich die ganze Post lesen. Da kriegt man das Brechen! Da hab ich extra letztes Jahr die App „Sach an, wat du zu Weihnachten willst" zum fröhlichen Anklicken releast – vollelektronisch! – und trotzdem fühlen sich die ganzen Vorschulkinder zu hoher Poesie berufen. Weil Torben-Hannes ja so ein Wolfgang von und zu Goethe ist und dem Weihnachtsmann unbedingt beweisen will, wie viele Buchstaben er schon kennt. Und das sind nicht viele! Textlich erinnert das Ganze an einen Leitartikel aus der Bildzeitung. Ein neugeborenes Tapirbaby mit nur einem Bein könnte bessere Aufsätze schreiben. Zusammenhangloses Pipapo ohne Satzzeichen und Großbuchstaben. Entweder Torben-Hannes möchte Bares sehen oder die kleine Viola plädiert für mehr Weltfrieden. Na klar, Weltfrieden. Da haste aber Glück gehabt, dass wir den noch vorrätig haben. Hier in meiner Schublade, in Süd-Thailand. Ich träume von Seelenfrieden! Aber den bekomme ich auch nicht!

Denn während alle Welt billige Schokolade aus ihrem Adventskalender popelt, ist mein Adventskalender eine Dokumentation des körperlichen Verfalls. Eine Anleitung zum fröhlichen

Suizidieren. Das Wort gibt es gar nicht, aber das kümmert Torben-Hannes ja auch nicht, wenn er auf seinem Wunschzettel iPod hinten mit zwei T schreibt. Ich hab auch mal einen Wunschzettel geschrieben. An den Achim, meinen Ehemann. Ich habe geschrieben:

„Pass auf, Achim, du altes Teflongesicht! Es ist bald Weihnachten. Ich wünsche mir, dass du mir EINMAL hilfst. Nur EIN einziges Mal."

Achim hat erst protestiert und dann hat er seine Schlodder-Buchse endlich mal wieder hoch über die Kimme gezogen – und das hat er lange nicht – und gesagt: „Frau, ich tu's! Weil bald Weihnachten ist!" Leider hatte Achim bei seiner Urteilsverkündung übersehen, welch körperlichen Aufwand solche Versprechen mit sich bringen. Wenn man über Jahrzehnte hinweg bei flimmerndem Röhrenfernseher den eigenen Muskelschwund feiert, kann das Tagewerk schon ziemlich anstrengend werden. Nachdem Achim also bereits im ersten Kamin mit seinem G-String am Mauerwerk hängen blieb und kurz die Fassung verlor, schmiss er den Job hin. Jetzt guckt er wieder mit Ruprecht, dem alten Knecht, Curling auf arabischen Nischensendern. „Wilma!", sagte er. Und ich bin mir immer noch nicht sicher, ob das wirklich mein Name ist. „Das ist deine Sache! Du bist die Weihnachtsfrau."

Das bin ich wohl. Und das weiß nicht nur keiner, alle denken auch noch, es würde Spaß machen. Dieser ganze Dekoscheiß. Diese Musik. Dieser Schnee. Wer braucht denn bitte Schnee? Nur weil man damit so prima werfen kann. Man kann auch mit Erde werfen. Mit Handgranten. Oder mit Steinen. Trotzdem rastet niemand aus, wenn man so was im Wald findet. Schnee ist kacke. Und wenn mal kein Schnee liegt, dann gibt es eben Kunstschnee. Als ob Kunstschnee durch die Voranstellung des Wortes Kunst plötzlich an Wert gewinnt. Und dann schmiert man sich das Zeug an die Fenster und bekommt es die nächsten elf Monate nicht ab. Und wenn es endlich ab ist, dann kauft man sich wieder neuen Kunstschnee. Da kann man doch gleich Tipp-Ex nehmen!

Und was soll das eigentlich mit dem Weihnachtsbaum? Was ist das denn für ein Quatsch? Ist da irgendwer hingegangen und hat gesagt: Mensch, so eine Tanne. Die ist doch auch nur scheiße. Für die brauchen wir jetzt mal einen Job. Wir pimpen die etwas auf, streuen Glitzer drüber und schwupps, hat das Ding auch mal eine Daseinsberechtigung. Und dann steht der hässliche Baumonkel zwei Wochen an der Heizung und lässt seine Nadeln rieseln wie Opa Werner die Schuppenflechte. Das ist kein schöner Anblick. Aber es duftet ja so fein, nach Natur. Stattdessen könnte mal jemand das Fenster aufmachen. Dann würde es im ganzen Haus auch nicht immer riechen wie unter Shanayas Achseln – nach dem neuen Playboy-Deo mit dem verlockenden Namen: „Glamour Destiny Vampire Sexy-Girl43 Mettigel". Ekelhaft!

Aber ich schweife ab, vom Thema. Alles, was ich sagen will, ist: Es gibt keinen WEIH-NACHTSMANN! ES GIBT KEINEN WEIH-NACHTSMANN! Das ist eine Erfindung, eine Lüge! Der Witz ist: Jeder, der älter ist als sechs Jahre und acht Monate, weiß das auch. Weil es in jeder ersten Klasse einen kleinen Jan-Frederik gibt, der seine intellektuelle Überlegenheit gerne darin demonstriert, dass er dem niederen Volk Erleuchtung bringt, indem er einmal wirkungsvoll durch die Klasse bölkt: „Es gibt keinen Weihnachtsmann!" Der tröstenden Lehrerin Frau Hoppenstedt wäre es auch lieber, wenn man den Kindern direkt die Wahrheit sagt. Es gibt keinen Weihnachtsmann, es gibt eine Weihnachtsfrau!

Und die ist verdammt wütend. Weil Rolf Zuckowski ihr noch nie ein Lied geschrieben hat. Weil Achim den Coca-Cola-Truck vorgestern beim Bierholen ausversehen in einem Souvenirladen geparkt hat. Weil keiner ihren Vornamen kennt, nicht mal sie selber. Und weil sie eigentlich lieber Curling auf arabischen Nischensendern gucken würde, als thailändische Kinder zu quälen.

Aber es ist ja bald Weihnachten.

Und dieses Jahr verschenke ich Alpakas.

Frohe Weihnachten!

ARCHE HOLGER

Mit einiger Faszination beobachtete Holger, wie das Erbrochene als sämiger Faden fröhlich an seiner Unterlippe baumelte, bevor es schließlich mit einem satten Platsch zwischen G und H in die Tastatur einschlug. Es roch unangenehm nach Met und Mett. Holger hatte es am Vorabend als besonders geistreich empfunden, diese beiden kulinarischen Highlights miteinander zu kombinieren. Doch der linguistische Nervenkitzel sorgte in der Praxis für reichlich verdächtiges Bauchgrummeln. Nun verfolgte Holger gespannt, wie sich die Met/Mett-Mische als klebriger See zwischen den Tasten seines Laptops ausbreitete. Ein besonders vorwitziges Mett-Stückchen passierte soeben entengleich den Kanal entlang der Leertaste. Es war gleichzeitig ekelhaft und wunderschön, ein bisschen wie Holgers erstes Mal, aber das war eine andere Geschichte. Bevor seine Gedanken sich in nostalgischen Erinnerungen verloren, klingelte überraschend das Telefon. Holger faszinierte das Geräusch und er lauschte ihm eine Weile andächtig, bevor er den Anruf entgegennahm. „Hallo, hier ist Gott", sagte das Telefon. Holger kicherte darüber, denn sicherlich musste Gott sich verwählt haben, sie kannten sich ja nicht einmal. Dennoch wollte er höflich bleiben und erwiderte den Gruß. „Hallo, hier ist Holger." Er hörte es am anderen Ende der Leitung zufrieden schmatzen. „Ich wollte eine SMS schreiben, aber es ist dringend", sagte Gott. Das entschuldigte natürlich die frühe Störung. „Kein Problem, ich bin noch wach", sagte Holger. „Ich weiß", erwiderte Gott und lachte dröhnend. „Ich weiß." Holger fühlte sich beobachtet und zog den Finger aus der Nase. „Es geht um Folgendes", fuhr der allmächtige Anrufer fort und hielt einen Moment dramatisch inne. „Die Welt wird untergehen." Das war wenig verwunderlich, immerhin hatte sie sich die vergangene Stunde bereits verdächtig vor Holgers Augen gedreht. „Das kommt ungelegen", gab er dennoch zu. „Ich gebiete dir ein Raumschiff zu bauen, das noch morgen Abend den Planeten verlassen wird, mit Tieren beiden Geschlechts und dir und deiner Partnerin, damit ihr auf dem Planeten Xarkaras glücklich werdet." Holger schluckte. „Das klingt nach einem fairen Angebot", sagte er dann. Er hörte Gott nicken. „Aber da gibt es ein kleines Problem." „Welches?", wollte der Allmächtige von ihm wissen. „Ich habe keine Partnerin." „Dann viel Glück."

Gott hatte grußlos aufgelegt, was Holger ihm nicht übel nahm, denn sicherlich hatte er eine Menge zu erledigen vor dem großen Weltuntergang. Draußen zog die Sonne bereits helle Streifen in den Horizont und ein paar ahnungslose Spatzen besangen den neuen Tag. Gerne hätte sich Holger in seine He-Man-Bettwäsche gekuschelt und von Miley Cyrus geträumt, denn das pflegte er immer zu tun, wenn er sich einsam fühlte. Aber nun war alles anders. Auf der Suche nach einer fruchtbaren Partnerin klingelte Holger wahllos bei den Nachbarn und lernte ein paar Damen in der Menopause, eine sehr unattraktive Zumbatänzerin und einen besonders ehrfürchtigen Christen aus dem Dachgeschoss kennen, der bereits selbst in weiser Vorahnung frühzeitig damit begonnen hatte eine Rakete zu bauen. „Ich habe es immer gewusst!", brüllte er und flog mit seinem Raumschiff und 38 Katzen davon. Holger strich die Katzen von seiner Liste und naschte ein paar Schokodrops, die der Fremde auf dem Couchtisch zurückgelassen hatte. Dann stellte er fest, dass es gar keine Schokodrops waren. Daneben fand Holger die Bauanleitung für das Raumschiff. Dem Zettel konnte er mit Erleichterung entnehmen, dass sich das benötigte Baumaterial bereits vorrätig in seiner Speisekammer fand, denn was kaum einer weiß, aber viele ahnen: Ein Raumschiff besteht zu 95 Prozent aus Hubba-Bubba-Kaugummi, das sich in verschiedenen Forschungsprojekten bereits als sehr widerstandsfähig erwiesen hatte. Die restlichen 5 Prozent bildet der Treibstoff in Form von Met und Mett, was Holger mit einem Gefühl großer Ritterlichkeit zur Kenntnis nahm.

Mit dem ausgeklügelten Bausatz bewaffnet, postierte sich Holger gegen frühen Nachmittag im Tapir-Gehege des örtlichen Streichelzoos. Er hatte beschlossen nur besonders freundliche Tiere mit sich zu nehmen, und war zu der Erkenntnis gekommen, dass die einzig wirklich freundlichen Tiere Tapire sind. Oder hat schon einmal jemand einen bösen Tapir gesehen? Nein, denn es gibt nur freundliche Tapire. Und weil die Tapire im städtischen Streichelzoo so freundlich waren, halfen sie Holger dabei, das Raumschiff fertigzustellen, und kochten ihm dann eine Kürbissuppe, die ihn wieder kräftigte.

Am Rande des Geheges sprach er schließlich ein paar Frauen an, denen er sein Erspartes in Höhe von 5,70 Euro und ein Hubba-Bubba-Kirsche bot, damit sie zu ihm und den Tapiren ins Raumschiff stiegen. Überraschend viele lehnten ab, der Rest war noch nicht eingeschult und ein besonders dicker Mann, der aus der Ferne aussah wie Holgers Mutter und so bösartig dessen Vertrauen erschlich, rannte schließlich mit dem Kaugummi davon. „Ihr werdet alle sterben!", brüllte Holger ihm nach, sodass ein Haufen dösender Tauben in Panik geriet und aufgescheucht gen Himmel stob. Holger wollte auch fort, er wollte diesen Planeten verlassen, der ihm so viel schuldig geblieben war und zeitlebens nur Kummer bereitet hatte. Er öffnete also den Tank, warf seinen Laptop hinein, sodass die Met/Mett-Brühe freudig spritzte und stieg in sein Gefährt.

„Adieu, du garstiger Planetenlümmel!", rief er der Erde zu und entschwand im Inneren seines Galaktomobils.

„Warte!" Ein lautes Poltern veranlasste Holger dazu die Luke des Raumschiffs noch einmal zu öffnen. Vor ihm stand Miley Cyrus in ledriger Unterwäsche und winkte aufgeregt. „Ich komme mit!"

„Okay", sagte Holger und gab ihr seine 5,70 Euro.

Und in eben diesem Moment frage er sich, wie er jemals an Gott zweifeln konnte.

Als Holger und Miley mit ihren Tapirfreunden gen Himmel entschwanden und unter ihnen die Erde in einem überraschend effektlosen Untergangsszenario verpuffte, sah Gott gerade fern und konnte sich nicht über seine neue Schöpfung freuen.

NACKT

Ich habe große Angst vor mehr als drei Menschen zu sprechen. Das ist ein Problem. Manchmal habe ich auch Angst vor weniger als drei Menschen zu sprechen, es sei denn, einer dieser drei Menschen ist meine Mutter, hat selbst gemachte Frikadellchen dabei und brüllt unentwegt: „Juhu! Du kannst das!" Obwohl sie genau weiß, dass ich es nicht kann. Dafür sind Mütter da, dafür hat man eine Mutter. Manchmal betrinke ich mich, damit ich mich nicht zu sehr schäme. Dann tue ich allerdings Dinge, für die ich mich sehr schämen sollte. Das ist ein Problem. Wenn ich große Angst habe, weil ich vor besonders vielen Menschen spreche, dann nutze ich einen simplen Trick. Den kennt jeder, der macht aber erst Sinn, wenn man hier oben auf der Bühne steht. Ich stelle mir einfach alle nackt vor! Alle. Selbst dich. Und dich. Und dich da hinten vor allem! Und wenn ich ehrlich bin, dann ist das auch der einzige Grund, warum ich das hier überhaupt mache. Damit ich mir euch alle nackt vorstellen kann! Das macht großen Spaß. Wenn ich jetzt allerdings zu viel vom Nacktsein spreche, dann riskiere ich, dass sich alle mich nackt vorstellen. Und das wäre ziemlich unschön.

Zu spät.

Aber jetzt, wo wir alle nackt sind, kann ich ja persönlich werden.

Die Wahrheit

Ich mag meinen Hintern nicht. Das hat nichts mit ihm persönlich zu tun, wir haben selten Kontakt, aber er ist ein Arsch. Das ist das Problem. Und weil mein Hintern so ein Arsch ist, strafe ich ihn mit Missachtung und drehe ihm ständig den Rücken zu. Das hat er dann davon. Manchmal bekomme ich Komplimente für meinen Hintern. Das verstört mich dann. „Bist du sicher?", frage ich. Vielleicht weiß er es ja nicht besser und muss einfach nur aufgeklärt werden. „Der ist ein riesen Arsch!" Mit ausreichender Bedenkzeit mag der ein oder andere seine Aussage dann schon einmal revidieren.

Aber bleiben wir fair: Mein Hintern ist immer noch eine nettere und sympathischere Type als mein linker Arm. Der ist so ein fauler Schweinehund. Der kann gar nichts. Während der restliche Teil meines Körpers zur Schule gegangen ist und Schreiben und Lesen gelernt hat, hat mein linker Arm bräsig in der Gegend herumgehangen und seine eigene Existenz gefeiert. Er ist das ungebildete schwarze Schaf meines Organismus, der Gollum meines Leibes! Manchmal schläft mein linker Arm einfach ein. Dann denke ich mir: „Mensch, lohnt es sich überhaupt noch den aufzuwecken? Ist das jetzt so ein schwerer Verlust?"

Aber dann fällt mir ein, dass ich mit eingeschlafenem linken Arm nur ganz schlecht klatschen kann. Das geht nicht! Denn ich klatsche total gerne! Eigentlich immer, wenn mich etwas freut. Und auch, wenn mich etwas nicht freut. Und auch wenn mir langweilig ist. Ich klatsche beim Kochen und beim Bügeln und beim Fernsehgucken. Es sei denn, Katja Burkhardt ist im Fernsehen, dann werde ich gerne aggressiv.

Und dafür brauche ich *auch* meinen linken Arm, damit ich mit meinem beige-gekachelten Couchtisch den Fernseher auswerfen kann. Das mache ich so, wenn ich die Fernbedienung nicht finde. Also eigentlich immer. Dafür habe ich mir den beige-gekachelten Couchtisch schließlich extra gekauft. Der ist genauso beige wie mein linker Arm und der Rest meines Körpers. Wenn ich mich nackt auf meinen beige-gekachelten Couchtisch legen würde, täte das keiner merken. Das weiß ich, ich habe es schon ausprobiert. Manchmal, wenn Besuch da ist, liege ich nackt auf dem beige-gekachelten Couchtisch und kicher leise in mich hinein. Und keiner merkt, auf wem er da seine Bierflasche abstellt. Ich bin ein guter Untersetzer. Ein riesen Spaß! Überhaupt, beige ist eine super Farbe. Wir Deutschen tragen auffallend oft beige, damit wir nicht auffallen, aber da wir es so auffallend oft tun, ist das wieder auffällig.

Ganz unauffällig ist dafür mein kleiner Zeh. Den habe ich dafür aber umso lieber. Er ist nämlich so extrem freundlich. Manchmal male ich ihm ein lustiges Brillengesicht, damit er nicht ständig überall gegen rennt. Und wenn mich mein lustiger, kleiner Zeh dann durch seine Harry-Potter-Brille anlächelt, dann weiß ich, dass ich schön bin. Außerdem ist mein kleiner Zeh immer in shape. Denn wenn ich im Frühling mal vier Stunden eine Brigitte-Diät mache, nehme ich als Erstes am kleinen Zeh ab. Das Schöne an meinem kleinen Zeh ist, dass es ihn gleich doppelt gibt. Das ist toll, weil ich dann auch doppelt glücklich bin. Leider ist der kleine Zeh auf dem Top-10-Ranking der sexiest Körperteile nicht vertreten. Dagegen möchte ich energisch protestieren. Ganz offensichtlich erfüllt der kleine Zeh keine funktionale, sondern eine ästhetische Rolle. Was sollte man sonst mit dem kleinen Zeh tun, als ihn liebevoll mit Glitzernagellack einzureiben und bei größeren Festivitäten im Sonnenlicht funkeln zu lassen. Mein kleiner Zeh ist Edward Cullen!

Wenn ich nackt bin, lenkt ziemlich viel von der Schönheit meines kleinen Zehs ab. Zum Beispiel mein Hintern und mein linker Arm. Man kann also nicht auf den ersten Blick erkennen, wie toll ich eigentlich bin. Untenrum. Wenn ich das fremden Menschen erzähle, missverstehen sie mich gerne und glauben, ich hätte andere Qualitäten. Da kann so ein kleiner Zeh schon einmal enttäuschen.

Ich habe ein gutes Verhältnis zu meinem Körper. Wir sehen uns häufig und gehen ab und an einen trinken. Das vertrage ich für gewöhnlich besser als er, aber es hindert uns nicht daran, es wieder zu tun.

Manchmal habe ich Meinungsverschiedenheiten mit meinem Mund, weil der unaufhörlich Schweinskram produziert und der restliche Körper sich dann schämt. Einmal war mein Mund besonders forsch und betrunken und er sagte zu einem Mann, den ich nicht kannte, auf einer Veranstaltung, wo ich eigentlich nur an der Garderobe saß: „Cool, das mit dem Poetry Slam. Da will ich mitmachen."

Und dann stand ich voller Angst mit meinem Hintern, meinem linken Arm und meinem kleinen Zeh an einem Ort so ähnlich wie hier. Ich machte meine Augen zu und öffnete sie wieder. Und wir alle waren nackt.

MIXTAPE

Einlegen.
Einschalten.
Seite A:

Zehn Sekunden mehr, zehn Sekunden weniger und wir hätten uns verpasst. Nur ein offener Schnürsenkel, ein falscher Schritt, linksrechts-linksrechtslinks-links-links, ein Stolpern. Dann wäre ich vorbei gelaufen, gesichtslos geblieben. Nicht mehr als ein Moment, der dich streift. Ich bin nicht pünktlich. Nie. Nur jetzt, dieses eine Mal. Pünktlich für dich.

In Zehntelsekunden sehe ich dich durch Strobolichter zucken, taumeln und in leeren Hosentaschen nach Worten kramen. Du reichst mir eine Zigarette, die du zwischen deiner Verlegenheit findest. Ich reiche dir Sätze, die ich schon viel zu lange bei mir trage wie ein Geschenk, für das der Anlass fehlt. Ich halte sie dir hin und du findest zwischen ihnen große Gesten, die du ungeschickt erwiderst.

Heimweg, Sonnenaufgang. Ich nehme deine Hand, weil meine friert, und halte sie wie ein Paket, auf dem „Zerbrechlich" steht. Meine Nase glitzert feucht im ersten Licht. Zwischen alten Taschentüchern gibst du mir die Hoffnung, dass das hier mehr sein könnte als nur ein trunkener Moment.

Pling. Deine Nachricht entzündet Bengalos in meinem Herzen. Wir sammeln unsere Worte, als wären es Pfandflaschen, die von kleinem Reichtum künden. Ich möchte stundenlang in deinen Sätzen wohnen und in ihrem Garten stumm deinen Horizont bestaunen.

Wir. Wir leben im Plural, als wären wir mehr als nur zwei Menschen, die die gleiche Zeitgeschichte teilen. Wir wollen nicht eins sein, sondern tausend. In stillem Einvernehmen bauen wir uns Schaufenster aus schönen Blumenbeeten, die wir einst in unseren Köpfen pflanzten und nun bewundern dürfen.

23 qm Wohnraumglück zwischen süßem Sekt und Käsebroten. Ich hänge Bilder auf von dir und mir, die wir noch nicht gemacht haben, und singe Lieder in dein Ohr, die nach „Für immer" klingen. Du erzählst mir von einer Weltreise in ferne Länder, die alle in mir liegen, und versprichst genug, wenn du von „Morgen" redest.

Gute Nacht. Ich beobachte dich im Schlaf, als hätte ich Angst, dass du plötzlich das Atmen vergisst. In deinen geschlossenen Lidern erkenne ich Landkarten von unserem Leben, das sich zu dieser großen Stadt verzweigt, die wir Zuhause nennen.

Kassette umdrehen.
Einschalten.
Seite B:

Zehn Sekunden mehr, zehn Sekunden weniger und wir hätten uns verpasst. Nur ein offener Schnürsenkel, ein falscher Schritt, rechtslinks-rechtslinksrechts-rechts-rechts-rechts, ein Stolpern. Dann wäre ich vorbeigelaufen, gesichtslos geblieben. Nicht mehr als ein Moment, der dich streift. Ich bin nicht pünktlich. Nie. Nur jetzt, dieses eine Mal. Pünktlich für dich.

Erste Zweifel. Auf bunten Bierdeckeln habe ich dir meine Liebe gemalt und wie Konfetti zwischen deinen Wankelmut gestreut. Du wischst sie weg, als wäre es Staub auf deinen Brillengläsern. Ich erkenne dahinter nichts als einen leeren Blick, aus dem die Skepsis spricht.

Du schreibst Zettel mit meinem Namen, die so unverbindlich klingen wie ein Filmtipp in der Tageszeitung. Ich suche in allen Satzzeichen nach deiner Wärme, doch bei jedem neuen Wort läuft schwarze Tinte in mein Herz.

Auf dreckverschmierten Fensterscheiben hat jemand dein Gesicht gemalt, das lange Schatten an meine Schläfe wirft. In den Schluchten unserer Raufasertapete stürzen Lawinen von Gestern die Wände hinab und verschlingen jedes Wort, das wir einst sprachen.

Stille. Du formst mit deinen Lippen Sprechpausen, die ich mit Wut zersprenge, als wären es Blasen in meinem aufgeschäumten Geist. Ein umgekipptes Gewässer wie unsere Beziehung, die jetzt schmeckt, als hätten viele Menschen darin gebadet. Wie ein See, der seinen letzten Sommer hatte.

Du legst deine Finger auf Möbel, die dir nie gehörten, und kramst gierig zwischen meinem Leben, das wir einmal teilten. Ich fülle große Kisten mit Erinnerungen und zünde sie an. Im Rauch unserer Vergangenheit zeichnet die Zukunft scharfe Konturen in die Luft.

Ich verzichte auf alles, wenn du nur einmal noch von den Träumen sprichst, die wir damals hatten.

Das Mixtape.
Ich hab versucht, es noch einmal zu hören.
Eingelegt.
Zurückgespult.

Gespultgespultgespultgespultgespultgespult-
gespultgespultgespultgespultgespult ...

Bänderriss.

DIE LIEBE

Die Liebe ist ein Arschloch. Letztens habe ich sie kurz getroffen, im Vorbeigehen hat sie mich grob angerempelt. Ich sagte: „Entschuldigen Sie mal!" Und die Liebe hat gesagt: „Fick dich!" Und da habe ich angemerkt, dass die Liebe ein unrasierter Heckenpenner sei, der nach einer langen, trunkenen Nacht wohl nicht mehr heimwärts gefunden habe. „Das stimmt", sagte die Liebe da, taumelte ein wenig auf ihren haarigen Beinen rückwärts und ersuchte sich alsbald in langen Erklärungen. Sie habe sich böse gestritten, sagte die Liebe. Mit Kopf und Herz, dem alten Scheidungspaar. Und mit denen möchte man sich nicht streiten, so viel sei sicher. Die Liebe roch nach Schnaps und Bier, ich hatte den Verdacht, die Liebe ist ein Alkoholiker. Den Verdacht äußerte ich vorsichtig. Daraufhin seufzte sie laut: „Was soll ich tun? Betrunken funktioniere ich einfach am besten." Ich nickte betreten. Wer nicht? Jetzt habe ich blaue Flecken von der Liebe. Und ich hoffe sehr, dass ich ihr nicht noch einmal begegne, denn das wäre sicher schmerzhaft.

ORIGAMI

Deine Worte hinterlassen Spuren in meinem
Kopf,
wie Fingerabdrücke auf der staubigen Platten-
sammlung
deines Vaters, im Keller, zweite Tür links.
Es riecht nach feuchten Wänden und kaltem
Rauch,
denn irgendwer steht nachts zwischen den Zeilen
und bläst Zigarettenqualm in meine Erinnerungen.
Das rote Fotoalbum wiegt schwer in der Hand.
Dabei besteht es nur aus trockenem Prittstift
und Bildern, die von schönen Zeiten lügen.
Zwischen den Seiten finde ich dich,
wie eine getrocknete Blume
liegst du lesezeichengleich
in meiner Vergangenheit.

Meine Worte hinterlassen Spuren in deinem
Kopf,
wie Fußabdrücke auf den kalten Fliesen deines
Elternhauses,
Spielstraße, Wohnung im Erdgeschoss, zweite
Tür links.
Es schmeckt nach Marzipan und Kuchen-
träumen,
die an bunten Geburtstagen von Frohsinn sangen
und dabei verschwiegen,

dass deine Lebensjahre endlich waren.
Endlich waren wir zu zweit,
von all dem Trubel
unbehelligt
in Dunkelheit vereint
und tranken Wasser ohne Kohlensäure,
so unaufregend wie unsere Liebe schmeckt
nach all der Zeit.
Unsere Worte sind nichts als kompliziertes
Origami,
das sich zu leeren Hülsen türmt,
wo dann aus weißen Kranichnestern
erste Flammen schlagen,
und auch das stille Wasser
endlich feurig wird.
Dort falte ich aus weißem Rauch
unsere Zukunft
und sehe zu,
wie
sie
verfliegt.

Es bleibt nur dein Lesezeichen,
das nach all der Zeit
noch in mir liegt.

DANKE!

Ich danke mit allen blumigen Worten jenen, die mich die letzten Monate unterstützt und getrieben haben. Danke, dass ihr an dieses Projekt geglaubt habt!

Allen voran Karsten Strack in seinem unerschütterlichen Tatendrang und Einsatz, der mit seinem Vertrauen in mich diese Buchstaben zum Leuchten bringt. Das alles wäre nicht möglich ohne das wunderbare Team von Lektora, die meinem literarischen Schaffen ein so schönes Zuhause gaben.

Ich danke Julia, Giulia, Kathie, Anne, Maya, Lena, Michi, Nina, Julian, David, Toto, Meggie, Jacky, Sara und all den anderen wilden Kerlen und Kerlinnen, die meine Worte schon so lange ertragen.

Ich danke der Slamily, die mich mit offenen Armen aufgenommen hat und mir nicht nur ein Mikrofon, sondern auch so viel Liebe gab.

Und nicht zuletzt natürlich meiner Familie, meinen Eltern, meinen Großeltern und meinem Bruder, die mich nicht nur das Schreiben lehrten, sondern auch die Wunder dieser Welt.

Der Beste kommt zum Schluss: Jan. Du weißt Bescheid.